LA FERME DU CRIME

ACTES NOIRS
série dirigée par Marc de Gouvenain

Titre original :
Tannöd

ISBN 978-2-7427-7229-2

ANDREA MARIA SCHENKEL

La Ferme du crime

roman traduit de l'allemand
par Stéphanie Lux

ACTES SUD

J'ai passé le premier été d'après-guerre chez des parents éloignés, à la campagne.

Au cours de ces semaines, le village m'était apparu comme un îlot de calme. L'un des derniers lieux épargnés par cette violente tempête que nous venions de traverser.

Des années plus tard, alors que la vie était revenue à la normale et que cet été n'était plus qu'un heureux souvenir, j'ai retrouvé mon village dans les pages d'un journal.

Il était devenu le "village meurtrier" et, dès lors, je n'ai plus cessé de penser à ce qui était arrivé.

En proie à des sentiments mêlés, j'ai décidé de m'y rendre à nouveau.

Ceux que j'y ai rencontrés ont accepté de me parler du crime. De parler à quelqu'un d'à la fois étranger et familier. Qui ne resterait pas, qui écouterait puis repartirait comme il était venu.

Seigneur, ayez pitié de nous !
Christ, ayez pitié de nous !
Seigneur, ayez pitié de nous !
Christ, écoutez-nous !
Christ, exaucez-nous !
Père céleste qui êtes Dieu, ayez pitié d'eux !
Dieu, le Fils rédempteur du monde, ayez pitié d'eux !
Esprit-Saint qui êtes Dieu, ayez pitié d'eux !
Trinité-Sainte qui êtes un seul Dieu, ayez pitié d'eux !

Sainte Marie, priez pour eux !
Sainte Mère de Dieu, priez pour eux !
Sainte Vierge parmi toutes les vierges, priez pour eux !

Saint Michel,
Priez pour eux !
Tous les saints anges et archanges,

Tous les saints chœurs des esprits bienheureux,
Saint Jean-Baptiste,
Priez pour eux !
Saint Joseph,
Priez pour eux !

Tous les saints patriarches et prophètes,
Saint Pierre,
Saint Paul,
Saint Jean,
Priez pour eux !

Tous les saints apôtres et évangélistes,
Saint Stéphane,
Saint Laurent,
Priez pour eux !

Tous les saints martyrs,
Saint Grégoire,
Saint Ambroise,
Priez pour eux !

Saint Jérôme,
Saint Augustin,
Priez pour eux !

Tous les saints évêques et confesseurs,
Tous les saints docteurs de l'Eglise,
Tous les saints prêtres et lévites,
Tous les saints moines et ermites,
Priez pour eux !

Il entre dans la pièce au petit matin, avant le lever du soleil. Avec le bois qu'il a ramassé dehors, il allume le grand fourneau de la cuisine, remplit la marmite de pommes de terre et d'eau puis la met sur le feu.

Sortant de la cuisine, il emprunte le long corridor aveugle qui mène à l'étable. Il faut nourrir et traire les vaches deux fois par jour. Elles se tiennent les unes à côté des autres.

Il leur parle à voix basse. Il a pris l'habitude, chaque fois qu'il travaille dans l'étable, de parler aux animaux. Le son de sa voix semble rassurer les bêtes. Leur nervosité paraît s'effacer avec la monotone litanie de sa voix, avec ces mots qui se ressemblent. Son ton calme et égal fait disparaître leur tension. Il connaît ce travail depuis toujours. Il lui plaît.

Il dépose de la paille fraîche sur la couche de paille sèche. Cette paille, il va la chercher dans la grange qui jouxte l'étable. Une odeur agréable, familière se répand dans l'étable. Les vaches ont une odeur différente des cochons. Elle n'a rien d'âcre, de pénétrant.

Ensuite, il va chercher le foin. Il va le chercher dans la grange.

Il laisse ouverte la porte qui sépare la grange de l'étable.

Il trait les vaches pendant qu'elles mangent. Il est un peu nerveux. Les bêtes n'ont pas l'habitude d'être traites par lui. Mais sa crainte que l'une où l'autre ne se laisse pas faire s'avère infondée.

On sent les pommes de terre cuites jusque dans l'étable. Il est temps de nourrir les cochons. Il déverse les pommes de terre dans un seau, où il les écrase avant de les porter aux cochons dans la porcherie.

Les cochons couinent lorsqu'il ouvre la porte. Il vide le contenu du seau dans l'auge, y ajoute un peu d'eau.

Il a fait son travail. Avant de quitter la maison, il s'assure que le feu du fourneau est bien éteint. Il laisse ouverte la porte entre l'étable et la grange. Verse le contenu du bidon de lait sur le fumier. Remet le bidon à sa place.

Ce soir, il retournera dans l'étable. Il donnera à manger au chien, qui se cache toujours dans un coin en gémissant lorsqu'il le voit arriver. Il s'occupera des bêtes. En faisant toujours attention à ne pas s'approcher du tas de paille au fond de la grange à gauche.

Betty, huit ans

Marianne et moi, on est assises l'une à côté de l'autre à l'école. C'est ma meilleure amie. C'est pour ça qu'on est l'une à côté de l'autre.

Marianne, elle aime toujours beaucoup les brioches fourrées de ma maman. Quand ma maman en fait, je lui en apporte toujours, à l'école ou même à l'église le dimanche. Dimanche dernier aussi je lui en ai apporté une, mais j'ai dû la manger moi-même parce qu'elle n'était pas à l'église.

Ce qu'on fait quand on est ensemble ? On joue à nos jeux, au gendarme et au voleur, à chat perché, à cache-cache. En été, parfois, on joue à la marchande chez nous à la ferme. On installe un petit magasin contre la clôture du jardin, avant le potager. Maman me donne une couverture et on peut y étaler nos affaires : des pommes, des noix, des fleurs, du papier de couleur ou ce qu'on trouve d'autre.

Une fois, on avait même du chewing-gum, que ma tante a apporté. Il a un bon goût de cannelle. Ma tante dit qu'en Amérique les enfants en mangent tout le temps. Ma tante, elle travaille chez les Américains et parfois elle rapporte du chewing-gum ou du chocolat ou du beurre de cacahuète. Ou bien du pain dans des boîtes vertes toutes bizarres. Une fois, l'été dernier, elle a même rapporté de la glace.

Ma maman n'aime pas trop ça, parce que l'ami de tante Lisbeth, il vient aussi d'Amérique et il est tout noir.

Marianne dit toujours que son papa aussi il est en Amérique et que, c'est sûr, il viendra bientôt la chercher. Mais je la crois pas. Marianne, parfois, elle raconte un peu des histoires. Maman dit que ce n'est pas bien de faire ça, et quand Marianne raconte encore une de ses histoires, on se dispute. La plupart du temps, chacune reprend ses affaires dans le magasin et on peut plus jouer et Marianne rentre chez elle en courant. On se réconcilie toujours au bout de quelques jours.

A Noël, le petit Jésus m'a apporté une poupée et Marianne était très jalouse. Elle en a juste une vieille, elle est encore en bois, c'était celle de sa mère. Marianne a recommencé avec son histoire. Que son papa allait bientôt venir et l'emmener en Amérique. Je lui ai dit que j'étais plus sa copine, si elle continuait à mentir autant. Depuis, elle a plus parlé de ça.

L'hiver dernier, on est parfois allées faire de la luge sur le pré derrière notre ferme. Il y a une belle colline pour faire de la luge, elle attire tout le village. Si on freine pas à temps, on atterrit en bas dans les haies. Et on se fait souvent disputer quand on rentre à la maison. Marianne doit parfois emmener son petit frère, pour le garder. Il est toujours accroché à nos jupes. Moi j'ai pas de petit frère, juste une grande sœur, mais c'est pas drôle tous les jours non plus. Elle m'embête souvent.

Un jour que le petit frère est à nouveau tombé dans la neige, il a commencé à pleurer et, comme souvent, il avait fait pipi dans sa culotte et Marianne a dû rentrer à la maison et s'est bien fait disputer. Parce qu'elle a pas fait attention à lui et qu'il a encore fait pipi dans sa culotte, etc. Le lendemain, à l'école, elle était toute triste et elle m'a dit qu'elle voudrait partir, parce que son grand-père est trop sévère et sa maman aussi.

Il y a quelques jours, elle m'a raconté que le magicien était revenu. Elle l'a vu dans la forêt et il va sûrement l'emmener voir son papa. Parfaitement, le magicien, elle a dit. Elle avait déjà raconté la même histoire en automne, juste après la rentrée et je l'avais pas crue, déjà les magiciens ça existe pas, alors les magiciens qui vous donnent un papa en Amérique, encore moins. Je me suis à nouveau disputée avec elle et elle a pleuré et elle a dit que si, le magicien existe et qu'il a plein de bouteilles de toutes les couleurs dans son sac à dos et d'autres choses de toutes les couleurs et parfois il est juste assis là et il fredonne des chansons. C'est forcément un magicien, comme celui de notre livre de lecture. Alors je lui ai dit menteuse ! menteuse ! et elle est rentrée chez elle en pleurant. Et comme elle était pas à l'école samedi et qu'elle aime tant les brioches de ma maman, je lui en ai apporté une dimanche à l'église. Mais elle était pas là non plus. Comme aucun d'entre eux n'était là, maman a dit qu'ils étaient peut-être en visite chez des parents. A Einhausen, chez le frère de son grand-père. Alors c'est moi qui ai mangé la brioche.

Marianne est allongée dans son lit. Elle n'arrive pas à dormir. Elle entend le hurlement du vent. Il passe sur la ferme comme la chasse sauvage. Grand-mère lui a souvent raconté les histoires de la chasse sauvage et de Thrúd pendant les longues nuits obscures entre Noël et la nouvelle année.

"La chasse sauvage, poussée par le vent, file à toute allure, aussi vite que les nuages dans la tempête, plus vite encore. Ses chevaux sont noirs comme le diable, racontait grand-mère. Ils sont enveloppés dans des manteaux noirs. Leurs capuches cachent leurs visages. Leurs yeux sont rouges comme la braise, ils sont en chasse. Gare à l'imprudent qui ose sortir par une telle nuit, la chasse Sauvage l'attrape aussitôt. En plein galop, disait grand-mère. Comme ça, hop !"

Elle accompagnait son récit d'un mouvement de la main, comme si elle se saisissait de quelque chose et l'emportait.

"Hop ! ils soulèvent le pauvre diable dans les airs et l'emmènent avec eux. Ils l'entraînent dans les nuages, dans le ciel. Il est emporté dans cette tempête. La chasse sauvage ne le laisse plus partir, elle hurle et pousse des ricanements. Ho, ho, ho", faisait alors grand-mère d'une voix grave.

Marianne pouvait tout à fait imaginer la chasse sauvage s'emparer de quelqu'un et l'emporter dans les airs en ricanant.

"Et après, mamie ? demandait alors Marianne. Il redescend plus jamais ?"

"Si, si, répondait grand-mère. Il redescend parfois, mais pas toujours ! La chasse sauvage traîne le pauvre homme aussi longtemps que ça l'amuse. Parfois, elle le redépose tout doucement sur la terre ferme quand elle a fini de lui jouer des tours. Parfois. Mais le plus souvent on retrouve le pauvre homme quelque part le lendemain matin, bras et jambes brisés. Des blessures sur tout le corps. Plus d'un n'a jamais été retrouvé. La chasse sauvage l'a directement emmené chez le diable."

A présent, elle ne peut se sortir l'histoire de la chasse sauvage de la tête. Elle ne s'aventurerait jamais hors de la maison par un temps pareil. La chasse sauvage ne l'attrapera pas. Ça non !

Elle reste longtemps éveillée. Elle ne sait pas combien de temps. Son petit frère dort dans la même pièce. Les lits sont placés de telle manière que leurs têtes se touchent presque. Elle dans son grand lit et lui dans son lit d'enfant.

Elle entend son souffle calme et régulier. Tellement ils sont près l'un de l'autre. Il inspire, expire. Parfois, lorsqu'elle n'arrive pas à dormir, elle épie ce son dans le noir, elle essaie de suivre son rythme, elle inspire quand il inspire, expire quand il expire.

Parfois ça aide, elle est fatiguée à son tour et s'endort. Mais aujourd'hui elle n'y arrive pas. Elle reste éveillée dans son lit.

Est-ce qu'elle doit se lever ? Grand-père va encore se mettre très en colère. Il n'aime pas qu'elle se lève la nuit et appelle sa mère ou sa grand-mère.

"Tu es assez grande pour dormir toute seule", dit-il avant de la renvoyer se coucher.

Sous la porte, on voit un rai de lumière. La lueur est faible, mais elle voit distinctement un mince filet de lumière.

C'est donc que quelqu'un est encore éveillé. Sa mère peut-être ? Ou sa grand-mère ?

Marianne rassemble tout son courage, elle sort ses pieds nus du lit. Il fait froid dans la chambre. Elle repousse la couverture. Tout doucement, pour ne pas réveiller son petit frère, elle va jusqu'à la porte sur la pointe des pieds. Prudemment, pour ne pas faire craquer le plancher.

Lentement, avec mille précautions, elle actionne la poignée de la porte et l'ouvre sans bruit. Elle se faufile dans le couloir jusqu'à la cuisine.

Il y a encore de la lumière dans la pièce. Elle s'assied près de la fenêtre et regarde la nuit au-dehors.

Elle est mal à l'aise et commence à avoir froid dans sa chemise de nuit légère.

Elle remarque alors que la porte qui mène à la pièce attenante est entrouverte.

Maman sera sans doute allée à l'étable, se dit Marianne. Elle ouvre complètement la porte. La pièce débouche sur une autre porte, qui donne sur le couloir menant de l'étable à la grange.

Elle appelle sa mère. Sa grand-mère. Aucune réponse.

La petite fille s'engage dans ce long et sombre couloir d'affourage. Elle hésite, s'arrête. Elle appelle à nouveau sa mère, sa grand-mère. Un peu plus fort, cette fois. Toujours aucune réponse.

Dans l'étable, elle voit les bêtes enchaînées à leurs anneaux de fer. Le ventre des vaches bouge tranquillement. Seule une lampe à pétrole éclaire la pièce.

Marianne voit qu'au bout du couloir la porte de la grange est ouverte.

Sa mère y est certainement. Elle l'appelle, mais n'obtient toujours aucune réponse.

Elle avance dans le couloir en direction de la grange. Arrivée devant la porte, elle s'arrête à nouveau, indécise. Elle n'entend aucun bruit dans l'obscurité. Elle prend une profonde inspiration avant d'entrer.

Sainte Marie Madeleine,
Priez pour eux !
Sainte Catherine,
Priez pour eux !
Sainte Barbe,
Priez pour eux !

Toutes les saintes vierges et veuves,
Priez pour eux !
Tous les saints de Dieu,
Priez pour eux !

Ayez pitié d'eux ! – Epargnez-les, ô Seigneur !
Ayez pitié d'eux ! – Délivrez-les, ô Seigneur !

Babette Kirchmeier, veuve de fonctionnaire, quatre-vingt-six ans

Ah, Marie…

C'était mon aide-ménagère. Eh bien, jusqu'à ce que j'aille en maison de retraite.

Oui, oui, elle m'aidait dans mon ménage, Marie. Elle était bien gentille. Bien gentille. Elle s'est toujours occupée de tout. Pas comme les petites jeunes, toujours à sortir et fricoter avec les garçons. Non, Marie elle était pas comme ça. C'était une gentille fille.

Pas spécialement jolie, mais gentille et travailleuse. Avec elle, tout tournait rond dans mon ménage.

Vous savez, je suis plus très vaillante sur mes jambes, c'est d'ailleurs pour ça que je vis en maison de retraite.

Des enfants, j'en ai pas, et mon mari, ça fait presque quinze ans maintenant qu'il est mort. En juin, le 24, ça fera quinze ans.

Ottmar était un bon mari. Un bon mari.

Marie est venue m'aider à la maison parce que je tenais plus sur mes jambes. Mes jambes, ça fait longtemps qu'elles me portent plus. Quand on se fait vieux, il y a beaucoup de choses qui ne veulent plus, pas seulement les jambes. Comme le répétait ma mère, c'est moche de vieillir, croyez-moi. C'est moche.

Dans le temps, je gambadais comme un lapin. Avec mon Ottmar, Dieu le bénisse, on allait toujours danser. Le dimanche après-midi, au thé dansant de l'Odéon. C'était encore avant la guerre. Il était bon danseur, Ottmar. C'est d'ailleurs en dansant qu'on s'est rencontrés, encore au temps de l'empereur. Il était tout fringant mon Ottmar, dans son uniforme. Il était dans l'armée à l'époque, et maintenant ça fait presque quinze ans qu'il est mort.

Le temps passe... Et puis j'ai eu mes problèmes de hanche. On rajeunit pas.

C'est là que Marie est venue à la maison. Elle dormait dans la petite chambre. Elle était pas exigeante, Marie. Un lit, une chaise, une table et une armoire. Elle avait pas besoin de plus.

Quand je suis arrivée ici, en janvier, laissez-moi réfléchir, c'est ça, en janvier, parce que j'ai beaucoup de mal à marcher. Beaucoup de mal. Eh bien, Marie est allée chez sa sœur.

Je savais pas qu'elle avait une place de fille de ferme. Mais ça lui allait bien, à Marie. Elle savait mettre la main à la pâte. Et elle parlait pas beaucoup. Ça me convenait tout à fait, j'aime pas les petites bavardes. Elles papotent toute la journée et la maison et la ferme sont laissées à l'abandon.

Oui, oui, Marie m'aidait à la maison. Eh bien, jusqu'à ce que j'entre en maison de retraite. C'est en janvier que je suis entrée en maison de retraite. C'était une bonne aide-ménagère, Marie, gentille. Elle était bien gentille. Bien gentille. S'est toujours bien occupée de tout.

Je sens que je commence à être fatiguée. Je vais aller me coucher. Vous savez, quand on est vieux, on a besoin de beaucoup de sommeil. Il y en a plein qui peuvent pas dormir, mais moi j'ai besoin de beaucoup de sommeil. J'ai toujours bien aimé dormir, et beaucoup.

Qu'est-ce que vous vouliez savoir, encore ? Ça m'est complètement sorti de l'esprit, c'est l'âge, vous savez ce que c'est. Vous vouliez que je vous parle de Marie. Ah, Marie. Elle était bien gentille, travailleuse, consciencieuse.

Qu'est-ce qu'elle est devenue ?

Est-ce qu'elle est pas chez sa sœur ?

Ah, je suis fatiguée, je vais aller me coucher. Vous savez, quand on est vieux, on a besoin de sa dose de sommeil.

L'hiver, cette année, refuse de céder la place au printemps. Il fait beaucoup plus froid que d'ordinaire en cette saison. Depuis début mars, il ne cesse de pleuvoir ou de neiger. La grisaille des brouillards matinaux ne s'efface même pas au cours de la journée.

Mais voilà que le vendredi matin le ciel commence enfin à s'éclaircir. Les nuages sombres se dissipent un peu. De temps en temps, la chape de nuages se perce même tout à fait. Les premiers rayons de soleil printanier se fraient timidement un chemin au travers.

A la mi-journée, cependant, le ciel s'assombrit à nouveau, et il recommence à pleuvoir dans l'après-midi.

Il fait soudain tellement sombre qu'on a l'impression que le jour tombe déjà, cédant place à la nuit.

Deux silhouettes, toutes de noir vêtues, s'avancent dans cette lumière trouble. Elles se dirigent tout droit vers l'une des fermes. L'une pousse un vélo, l'autre porte un sac à dos. Le paysan, qui vient juste de sortir de la maison pour aller dans l'étable, lâche son chien, par précaution. Ce n'est que lorsqu'elles sont presque arrivées à la ferme qu'il voit que ces deux silhouettes sont des femmes.

Il siffle son chien. Le tient par le collier.

L'une des deux femmes, celle qui porte le sac, demande son chemin. Elles veulent se rendre à la ferme de la famille Danner, à Tannöd. Disent s'être égarées à cause de cette pénombre. Peut-il les aider, connaît-il le chemin ?

“Là-bas, après le dernier champ, à gauche dans la forêt. Pouvez pas la manquer”, répond-il.

Les deux femmes se remettent en route. L'homme rattache son chien, sans plus leur prêter attention.

Traudl Krieger, sœur de Marie, la fille de ferme des Danner, trente-six ans

Vendredi matin, Marie et moi on a rassemblé toutes ses affaires. Elle avait pas grand-chose, juste de quoi remplir un sac à dos et un autre sac, pas plus. Vraiment pas beaucoup.

Je lui avais promis de l'accompagner chez son nouveau patron. Elle voulait pas aller là-bas toute seule car elle connaissait pas le chemin. J'avais promis juré.

Promis juré…

Dans la matinée, il faisait encore beau. Quand on a été enfin prêtes à partir, il était déjà midi. On pouvait plus dire qu'il faisait beau temps. Ma belle-mère est venue pour garder les enfants pendant mon absence.

Erwin, mon mari, était encore au travail. Il part très tôt pour le chantier, il est maçon. Le vendredi, il rentre tard. Pas à cause du travail. Non, le vendredi, il reçoit sa paie et, après le travail, il va au café.

Il rentre souvent tard, et ivre. Ils sont comme ça les hommes, quand ils boivent au café ils oublient tout, femme, enfants, tout.

Lorsqu'on est parties, Marie et moi, il avait pas encore commencé à pleuvoir. Le temps était encore correct. Il y avait beaucoup de nuages sombres, mais dans l'ensemble il faisait pas si mauvais. Comparé aux dernières semaines, où il avait fait que pleuvoir et neiger.

Je portais le sac à dos, et Marie avait attaché son sac sur le porte-bagages du vélo. De temps en temps, je l'aidais à pousser.

Le vélo comme le sac à dos, je les avais empruntés à ma voisine, la meunière. Parce que Erwin prend notre vélo pour aller travailler, et je voulais pas refaire tout le trajet à pied. Je me suis dit qu'avec le vélo je serais rentrée plus vite.

Le chemin pour aller chez Danner, l'épicière me l'avait précisément décrit. C'est elle aussi qui m'avait parlé de la place.

“Ta sœur, Marie, elle est vigoureuse. Elle sait mettre la main à la pâte, et le travail lui fait pas peur. La fille de ferme des Danner, elle s'est sauvée. Ils en cherchent une autre. Ce serait bien pour Marie”, elle m'a dit.

L'épicière sait toujours tout. Les gens de toute la région viennent la voir et lui disent s'ils ont besoin d'une fille ou d'un garçon de ferme, ou ils lui racontent toutes les nouvelles, si un tel est mort, si une telle attend un enfant. Même quand ils cherchent à se marier, il leur suffit d'aller la voir. C'est une bonne marieuse. Et après, son mari fait le maître de cérémonie.

Marie était chez nous depuis janvier, dans notre petit logement. Elle est pas exigeante, ça, mais de toute façon chez nous c'est impossible.

Le logement a deux chambres, une pour les enfants, et une pour nous. On a aussi une grande cuisine et des toilettes. Et pas des toilettes à l'étage où on doit faire la queue et attendre que les autres aient fini.

Pour Erwin, nos trois enfants et moi, le logement est assez grand, mais avec Marie on était vraiment à l'étroit.

Marie dormait sur le canapé de la cuisine. Ça aurait pas pu durer toujours, non, vraiment pas, c'était juste provisoire. C'est pour ça que j'ai été tellement contente quand elle a eu la place.

Entre-temps, Marie a passé trois semaines chez mon frère. En février. Il a une petite ferme. Il l'a héritée de nos parents. La femme de mon frère était malade, et Marie leur a donné un coup de main. C'était une brave fille, Marie, vous savez. C'était vraiment une brave fille. Elle savait vraiment travailler et elle aimait ça, mais elle était aussi très simple.

Je veux dire, elle était un peu retardée. Pas handicapée mentale ou quoi, non, plutôt un peu naïve, bonne pâte.

Lorsque la belle-sœur s'est sentie mieux, Marie est revenue chez nous. Marie s'entendait pas très bien avec notre frère. Il trouvait toujours quelque chose à redire, il était jamais content de ce qu'elle faisait. Ça a toujours été un râleur, il changera plus.

Je suis plus jeune que Marie, de huit ans, mais elle a toujours été pour moi la petite sœur dont je devais m'occuper. Après la mort de notre mère, je suis devenue celle de Marie. Notre père est lui aussi mort il y a longtemps, juste après notre mère. Phtisie, a dit le médecin.

Celui qui le voulait, il pouvait facilement abuser de Marie. Elle faisait toujours tout ce qu'on lui disait, sans poser de questions.

Notre mère disait toujours que "quand on est trop bon on court à sa perte".

Eh bien trop bonne, elle l'était, Marie. Elle aurait même travaillé sans salaire, en étant juste nourrie et logée. Elle était comme ça. C'était une pauvre fille.

Jusqu'à fin décembre, elle avait encore une place chez Babette Kirchmeier. Elle était veuve et Marie s'occupait comme elle pouvait de son ménage. Mais la vieille Kirchmeier allait de moins en moins bien ces derniers temps. A la fin, elle pouvait presque plus marcher, et elle perdait même un peu la tête. Elle est donc entrée en maison de retraite, elle avait pas d'enfants qui auraient pu la prendre chez eux. C'est comme ça que Marie a perdu sa place.

Comme je l'ai déjà dit, j'avais promis à Marie de l'accompagner chez Danner.

D'après la description de l'épicière, on aurait dû faire le chemin en une heure et demie, mais le temps arrêtait pas de se dégrader.

Il a commencé à faire vraiment sombre, et un vent soufflant en rafales s'est levé. C'était vraiment une atmosphère de fin du monde. Je me dis toujours qu'on aurait pas dû y aller par ce temps-là. Tout serait différent maintenant, tout.

On a quitté la maison vers deux heures, et vers trois heures et demie on était complètement perdues. On a erré un moment. Puis on est revenues sur nos pas jusqu'à la dernière ferme qu'on avait passée.

On a demandé notre chemin.

Il fallait prendre à gauche au dernier champ, puis toujours suivre le chemin qui traverse la forêt, on pouvait pas rater la ferme.

Pour couronner le tout, il a commencé à pleuvoir dans la forêt. C'est complètement trempées qu'on a fini par arriver à la ferme isolée. J'aurais jamais cru qu'elle pouvait être aussi loin de tout. Si j'avais su, j'aurais pas laissé Marie y aller. Je l'aurais jamais laissée y aller. Jamais. Chez les Danner, il y avait que la vieille, c'est elle qui nous a ouvert. Sinon j'ai vu personne. Juste la vieille et le petit.

Un joli petit garçon qui devait avoir deux ans, avec de belles boucles dorées.

L'enfant a tout de suite plu à Marie, je l'ai vu, elle aime les enfants, Marie. La vieille, elle, était vraiment bizarre, elle nous a regardées d'un air méfiant. Elle nous a à peine dit bonjour. On a posé nos vestes mouillées sur le dos d'une chaise. Près du poêle, pour qu'elles sèchent. La vieille Danner disait pas un mot. J'ai pourtant essayé d'engager la conversation. Quand un étranger arrive à la ferme, on lui pose quand même des questions. Mais non, rien à faire avec elle, juste le petit, au bout d'à peine cinq minutes il s'accrochait aux jupes de Marie en riant.

Et elle riait avec lui.

La cuisine était à l'image de la ferme, sombre et vieille, et un peu malpropre aussi. La vieille portait un tablier qui aurait bien eu besoin d'être lavé. Et le petit, il avait le visage tout sale.

Pendant l'heure que j'ai passée avec Marie sur le banc près du poêle en faïence, c'est tout juste si la vieille a prononcé cinq phrases. Quels gens revêches et bizarres, je me suis encore dit.

Au bout d'une heure, j'ai pris ma veste, je voulais pas rentrer à la maison dans le noir. La veste était presque sèche, je voulais me mettre en route.

"Il faut que je rentre, maintenant, il fait presque nuit. Je veux pas me perdre encore une fois", j'ai encore dit à Marie.

C'est en arrivant sur le seuil que j'ai rencontré la fille de la vieille Danner.

Comme ça, entre deux portes.

On a échangé quelques mots, elle était un peu plus aimable que la vieille, et je suis sortie.

Marie m'a accompagnée. J'ai poussé le vélo jusqu'au portail du jardin et je lui ai dit au revoir derrière la palissade. Elle avait pas l'air très heureuse, je crois qu'elle aurait préféré rentrer à la maison avec moi. Je la comprenais, mais qu'est-ce que je pouvais faire, il y avait pas d'autre solution.

Ça m'a presque brisé le cœur. Je voulais m'en aller le plus vite possible, mais j'ai encore dit à

Marie : “J’espère que tu te plairas ici. Sinon, on trouvera bien quelque chose d’autre.”

Marie a juste dit : “Ça va aller.”

L’emmener avec moi, voilà ce que j’aurais dû faire. On aurait trouvé quelque chose d’autre. J’en suis sûre.

Mais je me suis retournée et je suis partie. Lorsque Marie m’a appelée, je me suis arrêtée et je suis descendue de vélo.

Elle a couru pour me rejoindre et m’a serrée fort dans ses bras. Très fort. Comme si elle voulait plus me lâcher. Il a fallu que je la repousse, et je suis montée bien vite sur mon vélo.

J’ai pédalé comme une folle. Je voulais plus m’arrêter.

Cette maison, cette ferme, non, je voulais même pas y être enterrée, je me suis encore dit. J’en avais des frissons de dégoût.

Comment est-ce qu’on peut tenir le coup dans cette ferme isolée avec ces gens. La pauvre Marie, comment allait-elle tenir le coup chez eux ? J’étais pleine de chagrin, j’avais le cœur serré, mais qu’est-ce que vous vouliez que je fasse ? Marie pouvait plus rester chez nous sur le canapé, et Erwin aurait pas été d’accord, ça faisait longtemps qu’il voulait se débarrasser d’elle. J’ai pédalé, pédalé. Je me suis pas arrêtée une seule fois. Je voulais qu’une chose : partir, partir, partir !

Et échapper à ma mauvaise conscience.

Soudain, j’ai senti de l’eau sur mes joues. J’ai d’abord cru que c’était de la sueur, à cause du vélo. Mais après j’ai compris que c’étaient des larmes.

Juste après le repas, Marie va dans sa chambre, derrière la cuisine.

La pièce est petite. Un lit, une table, une commode et une chaise, on ne peut y mettre plus.

Sur la commode, la cuvette et le broc.

Face à la porte, une petite fenêtre. Que verra-t-elle en regardant dehors ? La forêt, peut-être ? Elle le saura demain. Marie aimerait bien voir la forêt depuis sa fenêtre.

Le bord de la fenêtre est poussiéreux. Tout comme la table et la commode. Ça fait déjà un moment que cette pièce est inoccupée. L'air est vicié. Ça ne gêne pas Marie.

Elle ouvre le tiroir de la table. Il contient un vieil article de journal tout jauni, un bouton et le fermoir d'un bocal. Marie referme le tiroir.

Le lit se trouve à sa droite. Un lit tout simple, en bois. Le dessus-de-lit est bleu clair, l'oreiller aussi.

Marie s'assied sur son lit en soupirant. Elle reste assise là un moment, à regarder la chambre.

Laissant libre cours à ses pensées.

Traudl et les enfants lui manquent. Mais c'est mieux de dormir dans un lit que sur un canapé, et comme ça elle ne verra plus Erwin avant un moment.

Erwin ne l'aime pas, Marie l'a senti dès qu'elle est venue s'installer chez Traudl au début de l'année. Quand il est rentré, il ne l'a pas saluée, ne lui a pas serré la main, rien. Il a juste dit à Traudl : "Qu'est-ce qu'elle fait là, celle-là ?" en montrant Marie d'un signe de tête, sans même la regarder.

"Elle habitera avec nous jusqu'à ce qu'elle trouve une nouvelle place", s'est contentée de répondre Traudl.

"J'aime pas qu'on vive à mes crochets", a-t-il rétorqué.

Elle, Marie, a fait comme si elle n'avait pas entendu. Mais ça lui a fait mal au cœur qu'Erwin soit si grossier. Elle ne l'a jamais dit à sa sœur, mais elle l'a pensé.

Il la trouvait "bête", "niaise", "attardée", "dérangée", elle l'entendait dire tout ça et bien d'autres choses encore, mais elle n'a jamais rien dit. A cause de Traudl et des enfants. De toute façon, elle ne pouvait aller nulle part. Elle n'avait que Traudl et les enfants.

"Dieu merci, ici aussi il y a des petits", se dit Marie.

Elle sait s'y prendre avec eux. "Les enfants sont le sel de la terre", a-t-elle lu un jour sur un calendrier. Elle a gardé cette phrase en mémoire. Elle aime ces phrases de calendrier et, lorsque l'une d'entre elles lui plaît particulièrement, elle garde la feuille et la relit régulièrement.

Marie soupire, se lève et commence à ranger ses affaires dans la commode. A s'installer dans cette chambre. Elle s'interrompt plusieurs fois. S'assied sur le lit. Ses bras retombent sur ses genoux, sans force, lourds comme du plomb. Elle se perd dans ses pensées. Pense à la vieille Kirchmeier, se dit qu'elle aimait vraiment travailler pour cette femme. Même si elle perdait de plus en plus la tête.

Elle pense à Ott, son frère. Il était fait du même bois qu'Erwin. Elle lui avait donné un coup de main il y a quelques semaines, quand sa femme était très malade. Elle avait été contente de repartir.

Elle se ressaisit. "Ça sert à rien de rester assise là à ruminer sur sa vie", se dit-elle. Il faut qu'elle finisse de s'installer et qu'elle dorme, pour qu'elle puisse se lever tôt demain matin. Elle a déjà assez perdu de temps.

Elle se remet à ranger soigneusement ses affaires. Mais ses pensées recommencent à vagabonder, elle songe au premier repas avec son nouveau patron.

C'est un homme grand et fort, taciturne. Il n'a presque rien dit pendant le repas. L'a juste saluée rapidement lorsqu'il est entré dans la pièce. Une solide poignée de main, un regard pour la jauger, c'est tout.

Sa femme ne parle pas beaucoup, elle non plus. Elle est plus âgée que son mari. Marquée par les soucis, renfermée. Elle a dit le bénédicité.

La fille, elle a été gentille avec Marie. Elle lui a demandé si elle avait d'autres frères et sœurs à part Traudl, et des neveux et nièces. Elle a voulu savoir leur nom, leur âge.

C'est avec elle qu'on pourra le mieux s'entendre, se dit Marie.

Et les enfants…

Les enfants de la maison sont gentils. Surtout le petit garçon. Il lui a tout de suite souri. Voulait tout le temps jouer avec elle. Elle a plaisanté avec lui. L'a pris sur ses genoux et fait le cheval, comme elle le faisait toujours avec les enfants de sa sœur. Elle a joué à "hue dada" avec lui, le laissant tomber en arrière entre ses genoux. Le petit gloussait de joie.

Lorsque la fille du patron a envoyé ses enfants se coucher, Marie s'est levée, elle aussi.

Elle a dit : "Je vais aller dans ma chambre moi aussi, il faut encore que je range mes affaires. Comme ça je pourrai commencer demain matin très tôt."

Elle a encore souhaité une bonne nuit à tout le monde avant d'aller dans sa chambre.

Mais elle ne veut rester dans cette ferme que jusqu'à ce qu'elle ait trouvé quelque chose de mieux, elle le sait déjà. Même si les enfants sont gentils et si la fille du patron est quelqu'un avec qui on peut s'entendre. La ferme est bien trop loin de tout, elle voudrait être plus près de Traudl.

Marie a presque fini de ranger ses affaires. Il ne lui reste plus qu'à défaire le sac à dos.

Dehors, le temps s'est encore dégradé. Le vent souffle de plus en plus fort. Une vraie tempête.

Espérons que Traudl est bien rentrée à la maison, se dit-elle.

La fenêtre n'isole pas vraiment bien, le vent siffle à travers. Marie sent un courant d'air. Elle se retourne vers la porte. Elle est entrouverte. Marie veut la refermer. Elle remarque alors que la porte, lentement, avec un grincement, s'ouvre de plus en plus. Etonnée, elle regarde cette ouverture de plus en plus grande.

Marie ne sait pas quoi faire. Elle se tient là, raide, immobile. Les yeux braqués sur la porte. Jusqu'à ce que, sans un mot, sans un son, elle s'effondre sous la violence du coup.

De tout le mal,
Délivrez-les, ô Seigneur !
De votre colère,
Délivrez-les, ô Seigneur !
De la sévérité de votre justice,
Délivrez-les, ô Seigneur !
Des remords qui les rongent,
Délivrez-les, ô Seigneur !
De leur longue et profonde affliction,
Délivrez-les, ô Seigneur !
Des tourments du feu purificateur,
Délivrez-les, ô Seigneur !
De l'effroyable obscurité,
Délivrez-les, ô Seigneur !
Des terribles plaintes et lamentations,
Délivrez-les, ô Seigneur !
Par votre miraculeuse conception,
Délivrez-les, ô Seigneur !
Par votre naissance,
Délivrez-les, ô Seigneur !

Par votre doux nom,
Délivrez-les, ô Seigneur !
Par votre baptême et votre saint jeûne,
Délivrez-les, ô Seigneur !
Par votre infinie humilité,
Délivrez-les, ô Seigneur !

La plupart du temps, il se lève avant l'aube.

Il enfile son pantalon et traverse le couloir qui mène à la cuisine.

Il attise le feu du fourneau avec quelques bûches.

Remplit d'eau la petite casserole bleue en émail et la met sur le feu.

Il se lave rapidement le visage avec l'eau froide du robinet de la cuisine.

Il attend que l'eau de la casserole se mette à bouillir.

La boîte de chicorée se trouve sur l'étagère au-dessus du fourneau. Il enlève la casserole d'eau frissonnante du feu et y verse deux cuillères à café de poudre. Il se retourne, prend le bol dans le buffet contre le mur d'en face, sort la passette à thé du tiroir. Il verse le café dans le bol, au-dessus de la passette. Y émiette une tranche de pain. Il s'assied avec son bol à la table dans le coin de la pièce, mange à la cuillère les morceaux de pain imbibés de café. Il est assis dos à la porte, devant la fenêtre, il regarde l'obscurité au-dehors.

En été, il aime s'asseoir sur le banc derrière la maison pour boire son café. Il épie le premier chant des oiseaux, l'air est encore frais et pur. Les oiseaux entonnent leur chant les uns après les autres. Toujours dans le même ordre, immuable. De sa place, il entend leur chant tandis que le soleil apparaît à l'horizon.

Il vide son bol et le rapporte à la cuisine. La ferme est réveillée et il s'attelle à sa tâche quotidienne. En cette heure matinale, la plupart du temps, sans dire un mot. Seul avec lui-même et ses pensées. Lorsque la nuit a cédé la place au jour, ces précieux moments d'oisiveté sont déjà terminés depuis longtemps.

Voilà pour l'été.

En hiver, comme maintenant, il est assis devant la fenêtre de la cuisine, regarde au-dehors et a hâte que les jours rallongent enfin et qu'il puisse à nouveau se livrer à son petit rituel matinal.

Hermann Müllner, instituteur, trente-cinq ans

Je ne vais pas vous être très utile, puisque je n'ai été muté dans l'école qu'au début de cette année scolaire, début septembre. Jusqu'à présent, j'ai eu tellement à faire que je n'ai pas encore eu le temps de faire plus ample connaissance avec les gens d'ici.

J'enseigne toutes les matières aux élèves de la deuxième classe, sauf la religion. Cette matière est enseignée par M. Meißner, notre curé.

La petite Maria-Anna, puisque tel était son prénom, était dans ma classe.

C'était une élève calme, très calme. Elle ne participait que très timidement au cours. Elle avait l'air un peu dans la lune. N'était pas très bonne en orthographe. Butait un peu sur les mots en lisant. Elle aimait davantage le calcul. A part ça, je n'ai rien remarqué de particulier.

Pour autant que je sache, elle était amie avec la petite Betty. Elle était d'ailleurs assise à côté d'elle. De temps en temps, les deux filles bavardaient pendant le cours. Comme le font des amies. Les filles ont toujours beaucoup de choses à se raconter et cela nuit parfois à leur attention.

Mais, lorsque je les rappelais à l'ordre, elles se taisaient immédiatement.

J'ai tout de suite remarqué l'absence de la petite Maria-Anna samedi. J'ai donc demandé aux enfants si l'un d'entre eux pouvait me dire où elle était. Malheureusement, personne n'a pu me répondre. Lorsque, le lundi, l'élève n'avait toujours pas réapparu, je l'ai consigné dans le journal de classe.

Rien n'était différent des autres jours. Au début du cours, nous avons dit notre prière du matin, comme toujours, en ayant une pensée particulière pour les élèves malades qui ne pouvaient pas venir à l'école.

C'est là quelque chose de tout à fait normal, nous procédons toujours ainsi, ça n'avait rien d'extraordinaire. Je ne pouvais pas deviner l'importance de notre prière pour la petite Maria-Anna.

Il était déjà arrivé que des élèves ne viennent pas en cours, la plupart du temps, les parents les excusaient après coup, ou bien un frère ou une sœur fréquentant eux aussi cette école le faisaient dès le premier jour d'absence.

J'ai décidé que, si l'élève était encore absente le mardi, j'irais à vélo jusqu'à la ferme de ses grands-parents à Tannöd. Je voulais partir dès la fin des cours, mais j'ai malheureusement eu un empêchement. Ça me tracasse depuis, j'aurais peut-être dû aller voir plus tôt. Mais est-ce que ça aurait changé quelque chose pour la petite Maria-Anna ? Je l'ignore.

Ludwig Eibl, facteur, trente-deux ans

La ferme de la famille Danner est presque au bout de ma tournée. Ça fait six mois que je la fais. Je passe par ici quasiment tous les jours. Trois fois par semaine en tout cas, c'est sûr. Danner est abonné aux *Heimauer Nachrichten* et le journal paraît trois fois par semaine. Le lundi, le mercredi et le vendredi.

Quand il y a personne, je laisse le courrier à côté de la porte, à la fenêtre, Danner s'est arrangé comme ça avec moi.

J'y étais lundi et, comme personne a ouvert, j'ai laissé le courrier à l'endroit convenu. C'est comme ça que j'ai pu jeter un coup d'œil par la fenêtre. Mais j'ai vu personne.

Ça arrive, parfois. Que personne soit là, je veux dire. Non, ça a rien d'inhabituel. En cette saison, les gens sont souvent dans la forêt à couper du bois. Et là on a besoin de tout le monde, personne reste à la ferme.

Le chien, oui, c'est possible qu'il ait aboyé. Il a sûrement aboyé. Mais je me souviens plus. Les chiens aboient toujours quand ils me voient arriver. J'y prête plus attention. Dans mon métier, c'est comme ça.

En montant sur mon vélo, je me suis retourné, j'ai regardé si ma sacoche était bien en place sur le porte-bagages. Quand elle est moins remplie, elle a tendance à glisser. J'ai à nouveau regardé en direction de la maison.

S'il y avait de la fumée qui sortait de la cheminée ? Vous avez de ces questions. Aucune idée, s'il y avait de la fumée qui sortait de la cheminée. J'ai rien remarqué.

Mais j'ai pas fait spécialement attention, non plus.

Pour être honnête, j'aimais pas particulièrement les gens dans cette ferme. Le vieux Danner était quelqu'un de méfiant. Un original. Sa femme était pas différente. On les a jamais vus rire, ceux-là.

Enfin. Elle a certainement pas eu une vie facile avec son mari.

Barbara Spengler, la fille, elle est bien jolie, mais elle est faite du même bois que ses parents.

Oui, je connais les rumeurs qui disent que chez eux tout reste dans la famille, même les enfants. Qui les connaît pas ? Et quand on est facteur on apprend pas mal de choses, mais s'il fallait toujours croire tout ce que les gens racontent.

Vous savez, ça m'est égal de savoir qui était le père de ses deux enfants, à Barbara.

J'aurais du pain sur la planche s'il fallait que je m'occupe des affaires des gens. Il faut demander ça à quelqu'un d'autre. Moi, j'apporte le courrier, et je me mêle de rien.

Aujourd'hui, il a fait un peu meilleur qu'au cours des dernières semaines. Plus de neige, même le vent s'est calmé. De temps en temps, quelques gouttes de pluie tombent du ciel. Le paysage est comme recouvert d'un voile de brume blanc, laiteux. Typique pour la saison. Les premiers rubans de brouillard, venant de l'orée de la forêt, avancent vers les prés, vers la maison. C'est la fin de l'après-midi, la nuit sera bientôt tombée. Le crépuscule arrive lentement.

Il se dirige vers la maison. Le courrier se trouve entre les barreaux qui protègent la fenêtre à côté de la porte d'entrée. Quand il n'y a personne, c'est toujours à cet endroit que le facteur dépose le courrier. Comme ça, pas besoin de boîte aux lettres. Et puis, il est rare qu'il n'y ait personne à la ferme. La plupart du temps, le facteur peut leur remettre le courrier directement, et, au cas où, il peut utiliser la fenêtre à côté de la porte.

Seul un journal est coincé entre les deux barreaux et la vitre. Il le met sous son bras, prend la clé de la maison dans la poche de sa veste. Une grande clé lourde comme on n'en fait plus, en fer. Avec les années, elle a pris un éclat noir bleuté à force d'avoir servi. Il introduit la clé dans la serrure et déverrouille la porte.

En ouvrant, il est accueilli par un nuage d'air confiné, une légère odeur de moisi. Juste avant d'entrer dans la maison, il se retourne, regarde de tous côtés. Il entre et referme la porte à clé derrière lui.

Il longe le couloir jusqu'à la cuisine. Il ouvre la porte, entre. Il allume le feu avec le reste de bois de ce matin. Comme tout à l'heure, il remplit une marmite de pommes de terre. Nourrit les bêtes et leur donne à boire. Trait les vaches, s'occupe des veaux.

Cette fois, en revanche, il ne quitte pas la maison une fois son travail à l'étable terminé. Il va jusqu'à la grange, prend la pioche qu'il avait préparée et essaie, dans le coin droit de la grange, de creuser un trou dans le sol.

La pioche lui permet d'ameublir la terre battue tassée par les ans. Mais, juste en dessous de cette surface, il tombe sur un terrain pierreux, rocailleux. Il tente sa chance à un autre endroit. En vain, là aussi. Il abandonne son projet.

Il tasse la terre dispersée avec ses chaussures, puis recouvre l'endroit de paille.

Il retourne dans la cuisine. L'effort lui ayant donné faim, il se coupe un morceau de viande fumée dans le garde-manger. Prend le dernier reste de pain qui se trouve encore dans le buffet. Encore une gorgée d'eau du robinet et il quitte la cuisine, puis la maison.

Kurt Huber, mécanicien, vingt et un ans

C'était un mardi, oui, mardi 3 avril 195…

Le vieux Danner avait déjà appelé chez nous, à l'atelier, une semaine avant. C'était vraiment urgent, selon lui.

Mais, avec ce temps, pas question de faire comme ça trois quarts d'heure de vélo pour y aller. Il neigeait sans arrêt et, quand ça s'arrêtait, on avait de la pluie. C'était vraiment un temps de chien. Et à l'atelier, on avait déjà suffisamment de travail.

Il faut dire, honnêtement, que j'aime pas trop aller chez eux là-bas, à Tannöd.

Pourquoi ? Ben, ils sont vraiment un peu bizarres. Des originaux. Et avares avec ça. Vraiment avares. Ils vous envient le moindre morceau de pain, la moindre gorgée d'eau.

Quand j'ai dû réparer le moteur du hache-paille une première fois, en été, ils m'ont même pas proposé une pause casse-croûte. Alors que j'avais bricolé ce moteur pendant cinq heures d'affilée. Pas un verre d'eau ni une tasse de lait, sans parler d'une bière.

Mais, honnêtement, j'aurais rien pu avaler chez eux. Tout était tellement sale et poisseux. Je déteste ça.

Quand je me suis lavé les mains, au robinet de la cuisine, j'ai bien observé la pièce. Non, pouah, comment est-ce qu'on peut vivre dans une saleté pareille ! Moi je pourrais pas.

La vieille Danner, dans son tablier sale, raccommodé. Et son petit-fils, toujours la morve au nez.

Vous croyez qu'elle l'aurait mouché ! Le petit se promenait à quatre pattes dans la cuisine, de temps en temps il ramassait quelque chose par terre et le mettait dans la bouche. La vieille le regardait, elle disait rien. Quand le petit s'est mis à pleurer, elle l'a pris sur ses genoux et lui a donné sa sucette. Mais avant de la lui donner elle l'a léchée et trempée dans la boîte à sucre sur la table. Léchée et trempée dans le sucre. Vous vous rendez compte ? La boîte était toute collante, il y avait une croûte de salive et de sucre à la surface.

Enfin, je comprends pas. J'aurais vraiment rien pu avaler dans cette maison, mais ils auraient quand même pu proposer quelque chose, je trouve. Question de politesse, non ?

Enfin bref, quand j'ai reçu la demande de réparation du moteur, j'étais vraiment pas très enthousiaste à l'idée de retourner là-bas. Avec ce temps, en plus.

Et puis le vieux Danner a rappelé et s'est plaint au patron, et j'ai plus eu le choix. Je suis parti à vélo le mardi dès huit heures, après être passé chercher mes outils à l'atelier.

Quand est-ce que j'y étais ? Un peu avant neuf heures, je pense. Oui, c'est ça, juste avant neuf heures. J'étais tout en sueur quand je suis arrivé à leur ferme. J'ai voulu entrer par-devant, par le portail du jardin, pour aller jusqu'à la porte d'entrée. Mais le portail était fermé. Ils sont pressés mais après il y a personne, je me suis encore dit. Enfin, peut-être qu'ils sont derrière la maison.

Je fais donc le tour de la ferme en poussant mon vélo. Je suis passé devant les deux fenêtres de l'étable, à l'arrière de la maison. J'ai même regardé par l'une des deux fenêtres. Mais j'ai rien vu. Il aurait pu y avoir quelqu'un dans l'étable avec les vaches. Mais non. J'ai encore regardé par la fenêtre de la cuisine. Mais, là non plus, j'ai vu personne.

Je savais pas trop quoi faire, du coup. C'est pour ça que j'ai posé mon vélo contre un des arbres fruitiers et que j'ai attendu.

Combien de temps ? Une dizaine de minutes, je pense. J'ai allumé une cigarette et je l'ai fumée en entier. Ça prend à peu près dix minutes.

"Quelqu'un va sûrement arriver", je me suis dit. Au bout d'un petit moment, je vois effectivement quelqu'un. Homme ou femme, je sais pas. La personne était assez loin, dans les champs.

D'abord, j'ai pensé que c'était le vieux Danner qui arrivait.

J'ai appelé, j'ai sifflé aussi. Mais la personne m'a pas entendu. Elle s'est pas rapprochée, elle a disparu aussi soudainement qu'elle était arrivée.

J'ai attendu encore un peu. Je me sentais vraiment bête. Mais je voulais pas rentrer chez moi sans avoir réparé le moteur. Il aurait fallu que je refasse le chemin dans quelques jours. Un moteur comme ça, ça se répare pas tout seul.

J'avais pas d'autre choix qu'entrer dans la remise. Elle est juste à l'arrière de la grange, plus précisément à l'arrière de l'étable et de la grange. Qui sont bâties l'une à côté de l'autre.

Je savais où trouver la machine, puisque j'étais déjà venu une fois.

Quelle heure il était ? Neuf heures et demie, à peu près. Oui, il devait être neuf heures et demie.

La porte était fermée à clé et protégée par un cadenas. J'ai regardé autour de moi pour voir si je trouvais pas la clé.

Vous savez, il y a des gens qui cachent la clé juste à côté. Par exemple sous une pierre, un seau ou à un crochet sur le côté, sous l'avant-toit. Si vous saviez tout ce que j'ai déjà vu. Ils font ça pour pas perdre leurs clés, pour les retrouver plus facilement. C'est n'importe quoi, complètement inconscient. Ils pourraient aussi bien laisser les portes ouvertes. C'est incroyable ce que les gens sont imprudents.

Malheureusement, les Danner avaient caché leur clé nulle part, elle était ni sous une pierre, ni à un crochet. Comme je l'ai déjà dit, je voulais pas rentrer chez moi sans avoir fait mon travail et mon prochain rendez-vous n'était que l'après-midi, chez les Brunner, à Einhausen.

Et puis je me suis décidé d'un coup, je suis allé chercher ma caisse à outils sur le porte-bagages du vélo. Avec ma pince, en faisant très attention, j'ai plié le mince fil de fer auquel était accroché le cadenas. Ce qui m'a permis d'ôter tout simplement le cadenas.

Je me faisais l'impression d'un cambrioleur ou d'un bandit. Mais bon, je voulais pas être obligé de revenir encore une fois et, si quelqu'un était venu, j'aurais pu expliquer ce que j'étais en train de faire.

Mais personne est venu. J'ai juste entendu les aboiements tout rauques du chien. Mais je l'ai vu nulle part – ah, et on entendait aussi les vaches. Pas bien fort, mais régulièrement, ça me revient maintenant.

Une fois que j'ai eu fini de démonter la serrure et ouvert la porte de la remise, je pouvais enfin réparer la machine. J'avais de toute façon déjà perdu une heure. Celle-là, personne vous la paie, surtout pas un radin comme le vieux Danner.

Un type comme ça, ça compte la moindre minute, c'est presque toi qui devrais le payer. Il mourrait de faim avec son quignon de pain dans la bouche pour pas le perdre. C'est le joint de culasse qui était cassé sur la machine, j'en étais sûr. Et changer cette pièce-là, ça prend un bon bout de temps.

En été, j'avais déjà conseillé au vieux Danner de s'acheter une machine plus récente et de vendre la vieille. C'était encore un modèle d'avant-guerre, mais le vieux grippe-sou voulait pas, alors que c'est courant aujourd'hui.

Il y avait toujours personne à la ferme. J'ai commencé à trouver ça inquiétant. C'est pour ça que j'ai laissé la porte de la remise grande ouverte. Premièrement, j'avais plus de lumière pour travailler et, deuxièmement, on pouvait voir tout de suite que j'étais en train de réparer le moteur.

J'avais presque terminé, je voulais juste remettre un écrou en place, quand il m'échappe et roule droit dans la fosse.

Dans la remise, il y avait une vieille fosse à eau pour mettre les bidons de lait au frais. Dieu merci il y avait pas d'eau dedans, elle était vide.

Je descends donc dans la fosse. Elles sont jamais très profondes, elles me vont peut-être jusqu'à mi-cuisse, même pas.

Juste au moment où je me penchais pour chercher l'écrou, j'ai eu l'impression qu'une ombre passait. J'ai rien vu, c'était plutôt un sentiment. Une voix intérieure qui vous dit qu'il y a quelqu'un, même si on voit pas la personne en question. Mais elle est là, on sent qu'il y a quelqu'un.

Je suis tout de suite sorti de la fosse.

“Hé, il y a quelqu'un ? Hé ho !” j'ai crié.

Pas de réponse. Je me sentais déjà pas très bien jusqu'alors, mais là j'avais vraiment peur. Et ces aboiements constants du chien, que je voyais pas.

J'ai donc remis l'écrou et remballé mes affaires le plus vite possible. J'ai encore lancé une fois le moteur, mais après je suis vite parti.

J'ai remonté le cadenas à sa place. J'ai mis mes affaires sur le vélo et, hop, je me suis sauvé.

En poussant mon vélo pour faire le tour de la maison, je vois personne non plus. Mais la porte du vieux hangar est ouverte, et c'était pas le cas tout à l'heure. J'en suis sûr et certain.

Je me dis qu'il y a peut-être quand même quelqu'un ? Je repose donc mon vélo et fais quelques pas jusqu'à l'entrée du hangar.

"Hé ho, il y a quelqu'un ?" j'ai crié, mais, là encore, pas de réponse. Rien.

J'ai pas voulu entrer dans le hangar, il y avait quelque chose de louche.

Je suis encore passé devant la porte de la maison et j'ai essayé de l'ouvrir, mais elle était verrouillée.

On aurait pas pu me retenir plus longtemps dans cette ferme. J'étais bien content de partir.

J'ai dû terminer un peu après deux heures, parce que, en repassant par le village, j'ai entendu la cloche de l'église sonner la demie.

Est-ce que j'ai à nouveau vu quelqu'un dans le champ ? Non, personne. Juste quelques corneilles. Pas étonnant, avec ce temps. Ça avait recommencé à bruiner un peu. J'ai pédalé comme si j'avais le diable aux trousses.

Pendant tout le trajet de retour, je me disais : "Mais s'il y avait quelqu'un à la ferme, il aurait dû entendre le bruit du moteur. C'était obligé."

Je me suis sûrement trompé, et il y avait personne, mais l'ombre, ma voix intérieure, mon impression, je sais pas.

Quand je suis allé à mon rendez-vous à Einhausen, je leur ai raconté toute l'histoire, parce qu'elle me sortait pas de l'esprit.

Je suis resté plus de cinq heures dans la ferme de Danner à Tannöd, et personne est venu. Cinq heures tout seul dans la ferme, sans voir âme qui vive.

La femme de Brunner à Einhausen, elle trouvait ça bizarre elle aussi, "Rien qu'à cause du petit qu'ils ont à Tannöd. Un enfant de cet âge, il faut que ça dorme et que ça mange, elle a dit. On peut pas battre les chemins toute la journée."

Mais son mari a rétorqué : "Ils sont sûrement allés couper du bois, et ça prend un certain temps."

Le couteau. Où est le couteau, son canif ? Il l'a toujours sur lui, dans la poche arrière. Une habitude à laquelle il n'a pas dérogé depuis le jour où on le lui a offert. Le jour de sa confirmation.

Il s'en souvient très bien, il l'a eu le jour de sa confirmation. Un cadeau de son parrain. Un canif magnifique, très pratique, avec un manche marron. Il était présenté dans une boîte. Il se souvient parfaitement.

Du papier cadeau qui enveloppait la boîte. Un fin papier à fleurs, des fleurs de jardin. Le paquet entouré d'un ruban rouge. Il était tellement excité qu'il a déchiré le papier. Une boîte en carton marron est apparue. Ses mains tremblaient d'excitation et de joie lorsqu'il a ouvert la boîte. Et elle contenait un canif. Son canif. A partir de ce jour, tout fier, il a toujours eu ce couteau sur lui. C'était son bien le plus précieux.

Aucun des autres garçons du village n'avait un couteau comme ça. Il aimait prendre son couteau en main ou simplement l'avoir sur lui. Il le touchait souvent, le faisait passer d'une main à l'autre. Ça lui donnait un sentiment de sécurité. Oui, de sécurité.

Avec les années, le couteau s'est usé à force de servir. Mais le sentiment est resté le même.

Et voilà qu'il cherche son couteau depuis ce matin. Quand l'a-t-il utilisé pour la dernière fois ? Où l'a-t-il oublié ?

Encore une fois, il revit en pensée la journée qui vient de s'écouler. Lentement, comme sortant du brouillard, une image apparaît devant ses yeux. Il se voit en train de couper un morceau de viande fumée avec son couteau. Il se voit poser le couteau à côté de l'assiette de viande.

Il sent l'inquiétude monter lentement en lui. Son cœur s'accélère, il le sent jusque dans la gorge. Il n'a pas remis le couteau dans sa poche. Il en est sûr. Il a oublié le canif. Son canif. Il est resté dans le garde-manger, à côté de la viande fumée. Il le voit comme s'il y était. Il suffirait de tendre la main pour le prendre.

Il est pris de panique. Il faut qu'il retourne dans la maison. Il faut qu'il aille chercher le canif, son canif. Il ne peut pas attendre jusqu'au soir, ne peut pas attendre que la nuit tombe. La nuit ne tombera pas avant plusieurs heures, attendre serait bien trop long. Il peut se passer beaucoup de choses jusqu'à ce soir.

Pourquoi n'y a-t-il pas pensé ce matin ? Il s'est occupé des animaux dans l'étable, il était pressé. Il est parti sans s'assurer qu'il avait bien tout remis en place. Voilà son erreur. Pourquoi ne s'en rend-il compte que maintenant ? Peu importe. Il n'a pas d'autre choix que retourner dans la maison. En plein jour, en assumant les risques.

Il voit le vélo appuyé contre un arbre fruitier. Voit la porte ouverte de la remise. Il entend quelqu'un chantonner, siffler. Il s'approche prudemment de la petite baraque. Jette un œil à l'intérieur. L'homme est tellement absorbé dans la réparation du hache-paille qu'il ne le remarque pas. Il observe l'inconnu depuis sa place, à côté de la porte.

Celui-ci laisse échapper quelque chose, qui tombe par terre et roule dans la fosse. L'inconnu pousse un juron, regarde autour de lui comme s'il cherchait quelque chose. Finit par descendre dans la fosse.

C'est le moment qu'il attendait. Il passe comme une ombre devant la porte ouverte. Il est devant la maison avant que l'autre ait eu le temps de sortir de la fosse. Il prend la clé dans la poche de sa veste et disparaît à l'intérieur. Le couteau est exactement là où il l'a oublié. Il attend encore quelques minutes. Elles lui semblent une éternité. Il veut attendre le bon moment pour sortir de la maison. Le moteur du hache-paille démarre. Il reconnaît le bruit. Il quitte la maison à la hâte, sans être vu.

Dagmar, fille de Mathias Sterzer, vingt ans

C'était mardi à deux heures et demie. Je venais de sortir dans le jardin avec ma mère. Pour préparer les plates-bandes.

On était à peine dans le jardin que le réparateur de machines agricoles est passé à vélo. Je le connais, il est déjà venu chez nous. Il a réparé une des machines.

Il a freiné juste devant notre clôture. S'est arrêté, mais sans descendre de vélo. Il nous a juste crié, depuis la clôture, que si on voyait Danner on devait lui dire que son moteur marchait à nouveau. Que ça lui avait pris cinq heures, il enverrait sa facture par la poste.

Le mécanicien est reparti aussitôt.

Ma mère et moi, on s'est étonnées qu'il ait trouvé personne à la ferme de Danner. Mais on s'en est pas plus préoccupées que ça. Peu après, j'y pensais déjà plus. Je l'avais oublié.

A peu près une heure après le mécanicien, c'est Hansl Hauer qui est arrivé. J'étais toujours dans le jardin avec ma mère. Il faisait des gestes désordonnés. Il battait l'air avec ses bras comme un fou. Il était tout retourné. De loin déjà, il a demandé si le père était à la maison, quelque chose était arrivé chez Danner.

Au même moment, le père sortait de la maison. Il avait vu Hansl par la fenêtre.

Il était pas encore arrivé jusqu'à la maison qu'il a de nouveau crié. Son père l'avait envoyé parce que quelque chose tournait pas rond chez Danner.

"Sterzer, faut que tu viennes à la ferme de Tannöd."

Ils voulaient pas aller voir tout seuls. Ils avaient plus vu aucun des Danner depuis le samedi. Même le dimanche, ils étaient pas venus à l'église.

C'est là que j'ai repensé à ce que le mécanicien avait dit, qu'il y avait personne à la ferme de Danner.

Hansl nous a raconté que c'est sa tante qui l'avait envoyé chez Danner. Pour voir si tout allait bien, parce que ça faisait déjà quelques jours qu'elle avait vu aucun d'entre eux.

A la ferme, les bêtes criaient, le chien arrêtait pas de gémir. Il a secoué la porte, mais elle était fermée à clé. Il a vraiment secoué très fort, et il a tambouriné, et appelé Barbara et Marianne. Et comme personne lui a répondu et qu'il a commencé à avoir peur, il est rentré chez son père.

Il lui a tout raconté, et son père l'a envoyé nous trouver, pour qu'un de nous l'accompagne à la ferme. Alors le voilà, et il veut que le père et Lois aillent à Tannöd avec lui. Hauer les y attend.

Mon père est parti tout de suite, avec Lois. A la ferme de Danner. Avec Hansl.

Et c'est là qu'ils les ont trouvés. Tous.

Par votre docile obéissance,
Délivrez-les, ô Seigneur !
Par l'amour infini de votre cœur divin,
Délivrez-les, ô Seigneur !
Par vos peurs et vos peines,
Délivrez-les, ô Seigneur !
Par le sang de votre sueur,
Délivrez-les, ô Seigneur !
Par votre arrestation,
Délivrez-les, ô Seigneur !
Par votre cruelle flagellation,
Délivrez-les, ô Seigneur !
Par votre couronnement honteux et votre humiliation,
Délivrez-les, ô Seigneur !
Par votre pénible chemin de croix,
Délivrez-les, ô Seigneur !
Par le sang précieux de vos plaies,
Délivrez-les, ô Seigneur !
Par votre croix et votre amère souffrance,

Délivrez-les, ô Seigneur !
Par votre mort et mise au tombeau,
Délivrez-les, ô Seigneur !
Par votre sainte résurrection,
Délivrez-les, ô Seigneur !
Par votre miraculeuse ascension,
Délivrez-les, ô Seigneur !
Par l'arrivée du Saint-Esprit consolateur,
Délivrez-les, ô Seigneur !
Au jour du Jugement,
Délivrez-les, ô Seigneur !
De nous autres pauvres pécheurs,
Ecoutez les prières !
Vous qui avez pardonné à la pécheresse Marie Madeleine,
Ecoutez nos prières !

Michael Baumgartner se dirige vers la ferme de Tannöd au beau milieu d'une averse de neige fondue. Le vent lui souffle en plein visage. Il connaît le chemin, connaît la ferme. Difficile autrement de la retrouver, avec ce temps et en pleine nuit. Il y a travaillé plusieurs fois au cours des dernières années. Dans la forêt au printemps, dans les champs en été. Du travail, il y en avait toujours assez.

Mich, comme tout le monde l'appelle, n'aime pas travailler trop longtemps dans une ferme. Il va d'un endroit à l'autre, "toujours en vadrouille", comme il dit. Il dort parfois dans une grange, parfois dans un grenier.

Tout le monde croit qu'il vit de ses travaux occasionnels. Il a aussi fait le colporteur à plusieurs reprises.

En réalité, il vit la plupart du temps de vols, cambriolages et autres petits délits.

Il observe bien les fermes. Quand il quitte un endroit, il en sait la plupart du temps assez long.

Il sait ce qu'on peut trouver où et chez qui. Mich sait y faire avec ce genre de personnes. Il a un talent pour ça, "un don", comme il le dit lui-même.

Travailler un moment dans une ferme. Mettre sérieusement la main à la pâte, car c'est comme ça qu'on gagne la confiance des gens. Flatter, dire à quelqu'un qu'il mène vraiment bien "son affaire", que "la ferme est belle", encore une ou deux boutades, un clin d'œil et l'heureux propriétaire commence à se vanter. Même, ou justement, s'il est très réservé par ailleurs. Mich ouvre les yeux et les oreilles, puis poursuit son chemin au bout de quelque temps. Ce qu'il sait des fermes et de leurs propriétaires, il le raconte à d'autres ou, si l'occasion se présente, agit lui-même. Ce qui lui convient le mieux.

Quand on est habile, pas trop avide, et qu'on sait attendre, la plupart du temps on s'en sort très bien. Il ne faut pas se faire prendre, mais ce sont les gourmands, les imprudents qui se font prendre.

Mich n'est pas avide, ce n'est pas son genre, et, du temps, il en a à revendre.

C'est son beau-frère qui revend les objets volés. Sa sœur et son mari ont une petite ferme à Unterwald. La maison est idéalement située. Isolée, à l'abri des regards.

Juste après la guerre, le beau-frère a gagné pas mal d'argent grâce au marché noir. Avec la réforme monétaire du 30 juin 1948, ce commerce s'est épuisé de lui-même.

Mais du temps où il était trafiquant le beau-frère a pu nouer de bons contacts. Un petit réseau de receleurs, de revendeurs et d'hommes de main s'est ainsi constitué.

Les tâches sont clairement réparties. Mich va de ferme en ferme et fait parler les gens. Quand le moment est venu, lui, son beau-frère ou l'un des vieux camarades de celui-ci s'introduisent dans les fermes. Volent de l'argent, des vêtements, des bijoux, de la nourriture, bref, tout ce qui peut être revendu. Personne ne songe à établir un lien entre lui, Mich, et le méfait. Ça fait bien trop longtemps qu'il a quitté la ferme.

Quand une région devient trop dangereuse, on va ailleurs. Ou on fait une pause. On fait d'autres sortes d'affaires.

Le porte-à-porte était une bonne alternative.

Son beau-frère avait été colporteur avant et même pendant les premières années de la guerre. Il refourguait tout et n'importe quoi aux paysans, des lacets, des teintures pour les cheveux, du café avant la guerre, un ersatz pendant. Toutes sortes de bricoles. A cause d'une blessure à la jambe, il a été exempté pour invalidité. "Adolf avait besoin d'hommes, pas d'estropiés. Comme ça, il pouvait les estropier lui-même", disait-il avec un rire malicieux en tapotant sa jambe.

Depuis que le marché noir avait disparu, le beau-frère refaisait du porte-à-porte de temps en temps.

Au début, Mich ne faisait que l'accompagner. Aujourd'hui, il lui arrive de faire lui-même le colporteur. Mais juste de temps en temps.

Il préfère de beaucoup travailler comme extra dans les fermes et trouver des combines pour dépouiller les paysans.

A la fin de l'été dernier, il a travaillé un moment comme cueilleur pour la récolte de houblon. Le salaire n'était pas mauvais, la nourriture non plus. Même l'hébergement dans la grange avait été à son goût.

Quand l'automne est arrivé, il a un peu fait le colporteur. Il est même passé par Tannöd. Mais il a soigneusement évité la ferme de Danner. Il ne voulait pas qu'on l'y voie, car le paysan de Tannöd était encore sur sa liste. Pour des temps moins favorables. En réserve, pour ainsi dire.

Il n'est pas tombé sur la tête. Il faut garder quelques-uns des gros morceaux pour les moments de disette, comme un bas de laine, pour ainsi dire. Et Danner est un sacré bas de laine, Mich le sait parfaitement.

En novembre, il ne s'en est pas très bien sorti. Il voulait revendre des fils de cuivre avec son beau-frère.

Le cuivre était toujours très demandé et on pouvait le fourguer facilement si on connaissait les bons acheteurs. Son beau-frère avait quelques gars qui coupaient les câbles des fils téléphoniques. Câbles qui devaient être revendus. Or les gars en question n'étaient pas bien malins, l'affaire a mal tourné et Mich, pour la première fois, a dû passer quelques semaines en prison pour recel et quelques autres petites bricoles.

Il n'y est pas resté très longtemps, mais c'étaient tout de même trois mois. Ça ne fait pas longtemps qu'il a été libéré. Il ne peut pas trouver refuge chez sa sœur. Son beau-frère est encore en prison et sa sœur ne peut pas le nourrir. C'est donc le moment de toucher à son bas de laine. Le paysan de Tannöd.

Il connaît bien la ferme pour y être venu plusieurs fois. Un jour, le vieux Danner lui avait montré toute la maison et la ferme. Il se vantait tellement avec "son affaire" que ça faisait plaisir à voir.

"Le vieil imbécile" lui avait même parlé de son argent, "qu'il ne met pas toujours à la banque". Il a raconté qu'il avait toujours quelque chose à la maison, une bonne petite somme. L'atmosphère était vraiment bonne. Il avait su se faire bien voir de Danner.

Le vieux était un filou, et Mich savait y faire avec les filous. Danner racontait fièrement comment il avait arnaqué ses voisins.

Il n'arrêtait plus de parler, Mich l'avait dans la poche.

Le voilà donc en route pour la ferme, en pleine nuit. Il n'avait pas compté avec un temps aussi exécrable. Lorsqu'il arrive enfin, il est déjà bien trempé. Il connaît parfaitement les lieux. Même le chien n'est pas un problème.

Au cours de ses pérégrinations, il a passé du temps chez un berger qui lui a appris comment se comporter avec les chiens. Et puis, l'animal le connaît, puisqu'il a passé du temps à la ferme.

Il passe par le vieux hangar pour entrer dans la grange. De là, il monte au grenier. Un jeu d'enfant pour lui. Tout a marché comme sur des roulettes. Personne ne l'a vu dans l'obscurité. Le chien l'a reconnu et n'a pas aboyé. Pour s'assurer une sortie de secours, il attache une corde à une poutre au plafond de la grange. Deux précautions valent mieux qu'une. Puis il éparpille de la paille sur les lattes du plancher pour amortir le son de ses pas. Il ne s'agit pas de réveiller ceux qui dorment en dessous de lui. Personne ne doit remarquer sa présence. Nous sommes aujourd'hui vendredi. Dans quelques heures, le soleil va se lever. Il va observer la ferme depuis sa cachette et, lorsqu'une occasion se présentera, s'introduire dans la maison et "casser la tirelire". Il est content. Dans son métier, il n'est jamais bon de se précipiter. Rien ne sert de courir, comme on dit. Personne ne le trouvera là-haut. En déplaçant légèrement les tuiles, il verra toute la ferme. Il peut attendre. Il a tout son temps.

Georg Hauer, fermier, quarante-neuf ans

Le vendredi 30 mars, c'est là que j'ai vu Danner pour la dernière fois.

Ce jour-là, j'allais à Einhausen.

J'avais quelque chose à aller chercher chez le quincaillier. Je veux refaire la grange cette année. J'ai donc pris la charrette.

A pied, on en a pour une bonne heure, je dirais.

En passant près de chez Danner – la route passe en contrebas de la ferme – je vois le vieux qui me fait des signes de loin.

Depuis l'histoire avec Barbara, j'évite toujours un peu Danner. On se parle plus beaucoup. Mais je me suis arrêté quand même. A contrecœur.

"Arrête-toi voir. Stop, faut que je te demande quelque chose !" criait le vieux.

D'abord, il a juste tourné autour du pot. Je m'en voulais déjà presque de m'être arrêté. Et tout à coup il me demande si j'ai vu quelque chose, si j'ai remarqué quelque chose de spécial.

"Qu'est-ce que j'aurais dû remarquer. J'ai rien remarqué." Voilà ce que ça m'apporte de m'être arrêté, je me suis dit.

S'il me demande ça, c'est qu'il a une idée derrière la tête. Rusé comme il était, Danner. On pouvait pas lui faire confiance. Ça m'a donc surpris qu'il me demande seulement si j'avais croisé ou vu quelqu'un.

"Pourquoi ?" je lui ai demandé.

"Quelqu'un a essayé d'entrer chez nous cette nuit. On a rien volé. Mais le cadenas du hangar a été arraché."

"Faut que t'appelles les gendarmes", je lui ai dit.

Mais il m'a répondu qu'il voulait pas de la police chez lui.

"Je veux rien avoir à faire avec les uniformes."

Il a déjà fouillé toute la maison. Il est même monté au grenier. Il a éclairé les moindres recoins avec sa lampe, mais il a rien trouvé.

Et pourtant, toute la nuit dernière, il avait l'impression que quelqu'un déambulait au grenier. Il est monté ce matin à la première heure. Mais il a rien trouvé. Et il manquait rien non plus.

Je lui ai encore demandé s'il voulait que je l'aide à chercher. Mais, borné comme il était, il a juste dit que le gars avait sûrement déjà dû déguerpir. Il savait juste pas comment, vu que les traces menaient toutes à la maison, il y en avait aucune dans l'autre sens.

Il avait reneigé cette nuit. Pas beaucoup, juste deux centimètres. Mais, les empreintes, il les avait encore bien distinguées par endroits.

"Tu veux que je t'apporte mon revolver ?" je lui ai demandé. J'en ai encore un de la guerre à la maison, un revolver.

Danner a refusé d'un geste.

"T'as pas besoin. J'ai mon fusil et une massue. Je vais la chasser moi, cette canaille."

Je lui ai encore proposé de passer sur le chemin du retour pour refouiller la ferme avec lui.

Mais cette vieille tête de bois a refusé.

Je voulais juste repartir quand le vieux se retourne et me dit : "Ce qui est bête, c'est juste que j'ai perdu la clé de la maison depuis hier. Si tu trouves une clé grande comme ça, il a montré la taille avec ses mains, c'est la mienne."

La conversation était terminée et j'ai tout de suite poursuivi mon chemin. En fait, je voulais m'arrêter encore une fois chez Danner en rentrant.

Mais le temps s'est à nouveau dégradé. Il pleuvait, et il y avait même un peu de neige. Je suis donc rentré directement.

Cette nuit-là, il a même gelé. Le printemps voulait vraiment pas arriver, cette année.

Oui, j'ai remarqué que les Danner étaient pas à l'église le dimanche, mais je me suis pas posé de questions.

Le lundi, je suis sorti sur le champ à l'orée de la forêt. Il touche le terrain de Danner. J'ai labouré le champ. Mais pendant tout le temps que j'étais là j'ai vu personne de chez eux.

Le mardi, Anna, ma belle-sœur, a envoyé Hansl à la ferme pour voir si tout allait bien. C'est là seulement que je me suis rappelé l'histoire du cambriolage et de la clé perdue. Le reste, vous le savez déjà.

La vieille Danner est assise à la table de la cuisine. Elle prie :

Doux Jésus, vous qui êtes
Notre salut, notre vie et notre résurrection.
Je vous en prie,
Ne m'abandonnez pas à mes détresses et mes peurs,
Mais au nom de l'agonie de votre cœur sacré
Et des souffrances de votre mère immaculée
Venez en aide à vos serviteurs,
Que vous avez délivrés par votre sang précieux.

Dans ses mains, son vieux livre de prières tout usé. Elle est seule, seule avec elle-même et ses pensées.

Barbara est allée dans l'étable, pour s'assurer que les animaux n'ont besoin de rien. Son mari est déjà allé se coucher. Les enfants et la nouvelle fille de ferme aussi.

Ce moment de la soirée est son bien le plus précieux. Elle est assise dans la cuisine, son livre de prières à la main. Il est tout usé. Il y a bien des années, dans une autre vie, on le lui avait donné quand elle s'était mariée, comme l'usage le voulait. Un livre de prières pour l'épouse chrétienne.

Qui sait si, sans le réconfort et la grâce de Dieu et de la Mère de Dieu, elle aurait pu vivre cette vie ? Cette vie d'humiliations et de coups. Seul le réconfort qu'elle avait trouvé dans la foi l'avait maintenue en vie. Pendant toutes ces années. A qui aurait-elle pu se confier ? Sa mère était morte pendant la Première Guerre mondiale. Son père peu de temps après, au moment où son futur mari commençait à travailler chez eux comme garçon de ferme.

Pour la première fois, quelqu'un lui accordait un peu d'attention. C'était un baume pour son âme. Jusqu'alors, toute sa vie avait été déterminée par le travail et la piété de ses parents.

Elle avait grandi dans une atmosphère froide et bigote. Pas un signe de tendresse, personne pour la prendre dans ses bras et réchauffer son âme, pas un mot gentil. La vie qu'elle menait était marquée par le rythme des saisons et les travaux de la ferme qui y étaient associés, ainsi que par la foi stricte qui régissait la vie de ses parents.

Cette étroitesse d'esprit, elle la sentait presque dans sa chair.

C'est alors que son futur mari était arrivé à la ferme. Alors qu'elle n'avait jamais été particulièrement jolie, ce bel homme la désirait. Au fond d'elle-même, elle savait depuis le début que ce désir ne la visait pas vraiment, elle qui était petite et insignifiante et qui se fanait déjà. Une vieille fille de trente-deux ans, jamais mariée. Lui était grand, beau, il n'avait pas vingt-sept ans. Elle ne voulait pas voir que la ferme l'attirait plus que son corps.

Contre sa conviction intime, elle a accepté de l'épouser. Il a changé juste après la noce. Montré son vrai visage. Il était rude avec elle, l'insultait, allant même jusqu'à la battre quand elle ne lui était pas soumise.

Elle subissait sans jamais se plaindre. Personne n'aurait pu la comprendre, mais elle aimait cet homme, elle l'aimait même quand il la battait. Elle était suspendue au moindre de ses mots, au moindre de ses gestes. Même s'il était dur, impitoyable.

Lorsqu'elle est tombée enceinte, ses brutalités sont devenues insupportables, il l'humiliait tant qu'il le pouvait. La trompait au vu et au su de tous avec la fille de ferme de l'époque. Elle a dû quitter la chambre une première fois et dormir dans la petite pièce car une autre avait pris sa place. Elle était son esclave, lui était entièrement soumise. Pour toute la vie.

Barbara, sa fille, est venue au monde pendant la récolte des pommes de terre, dans les champs.

Il n'a même pas accordé à la parturiente la faveur d'accoucher dans son propre lit. Au matin, alors qu'elle sentait déjà les premières contractions, il l'a emmenée au champ avec les autres. La douleur la pliait en deux et, lorsque le sang s'est mis à couler sur ses jambes et que l'enfant a voulu à toute force sortir de son corps, elle l'a mis au monde au bord du champ. Dehors. Même les jours suivant l'accouchement, il était derrière elle. Elle ne pouvait jamais être tranquille.

La bonne est partie et elle s'est réinstallée dans la chambre. Elle était à nouveau soumise. Elle ne se plaignait pas. Elle ne connaissait rien d'autre.

Les bonnes se succédaient. La plupart ne restaient pas longtemps. Elle se disait que son mari, avec le temps, se calmerait. Elle avait accepté son destin.

Barbara, sa fille, grandissait. Elle était en adoration devant son père et avec elle il se montrait tendre et dévoué. Elle avait douze ans la première fois que son père a abusé d'elle. La mère a mis quelque temps à se rendre compte du changement chez sa fille.

Elle ne voulait pas voir qu'il abusait de sa propre fille. Ne voulait pas l'admettre. Elle était trop faible pour quitter son mari, d'ailleurs où serait-elle allée ? Son comportement présentait un avantage : il se désintéressait complètement d'elle.

Plus sa fille devenait femme, moins il était intéressé par les rapports sexuels avec son épouse. Elle s'en accommodait parfaitement.

Elle n'a donc rien dit. Son mari pouvait faire ce qu'il voulait, il ne rencontrait jamais aucune résistance.

Une fois seulement, la petite Polonaise qui travaillait à la ferme à l'époque avait réussi à se dérober. Elle, sa femme, ne pouvait en faire autant.

Elle avait eu la vie dure. Une vie pleine de privations et d'humiliations, mais elle ne pouvait pas se dérober à cette vie. Il fallait qu'elle suive ce chemin jusqu'au bout et elle boirait le calice jusqu'à la lie. Elle le savait. C'était l'épreuve que lui avait envoyée le Seigneur.

C'est étrange, elle avait déjà pensé plusieurs fois à la jeune Polonaise aujourd'hui. Elle était passée comme une ombre dans sa mémoire. Ça faisait des années qu'elle n'avait plus pensé à la jeune fille. La vieille femme pose son livre de prières.

Elle regarde par la fenêtre. La nuit est noire, agitée.

Son mari a passé toute la journée à chercher le bandit qui a essayé de s'introduire dans la ferme hier. Elle a entendu des pas la nuit dernière. Comme si quelqu'un "hantait" la maison.

Son mari n'a rien trouvé et la journée a été calme.

"Le bandit se sera déjà sauvé", leur a-t-il dit.

"Il manque rien, j'ai tout vérifié. Cette nuit, j'enferme le chien dans la grange, il ne laisse passer personne. J'aurai le fusil à côté du lit."

Ses paroles les ont tous rassurés. Elle se sentait en sécurité, comme ça avait été le cas toute sa vie dans cette ferme. Barbara voulait encore aller jeter un œil dans l'étable, "voir si tout est en ordre".

Que fait-elle, Barbara ? Elle devrait être rentrée depuis longtemps. Elle allait se lever et aller voir.

Elle se lève lourdement. Prend le livre de prières, le range dans le buffet de la cuisine. Sort de la pièce et se dirige vers l'étable.

Le vieux Danner ne cesse de se retourner dans son lit. Rien à faire, le sommeil ne vient pas.

Il essaie de dormir, mais le vent qui souffle constamment par les interstices de la fenêtre l'empêche de trouver le repos.

Il a retourné toute la maison aujourd'hui. Il ne cesse de penser aux empreintes de pas. Des empreintes de pas qui mènent à la maison. Il les a distinctement vues dans la neige fraîche du matin, avant que la pluie ne les efface.

Il a fouillé la maison dans ses moindres recoins. Il n'a rien trouvé. Il en est sûr, personne ne peut se cacher dans la propriété sans qu'il le trouve. C'est son domaine.

Il a réparé le cadenas du hangar. Le bandit aura fait le tour de la maison et sera parti vers la forêt. C'est le seul chemin qu'il ait pu prendre. Sinon il aurait forcément trouvé d'autres empreintes.

Il a fouillé à nouveau toute la propriété dans la soirée. C'est là qu'il a remarqué que l'ampoule avait grillé dans l'étable. Il faudra qu'il s'en procure une nouvelle. D'ici là, ils devront se débrouiller avec les vieilles lampes à pétrole. Tant bien que mal.

La nouvelle fille de ferme a l'air d'être dure à la tâche. Tant mieux. Il n'a pas besoin d'un employé à qui le travail fait peur. Pour Barbara et lui, il y a trop à faire à la ferme. Du moins en été.

En hiver, on s'en sort plus ou moins. Il devient de plus en plus difficile de trouver des filles et des garçons de ferme. La plupart tentent leur chance à la ville. Sont attirés par un meilleur salaire et des tâches plus faciles.

Vivre à la ville ne lui dit rien du tout. Il a besoin de liberté. D'être son propre patron. Ici, personne ne peut disposer de lui. C'est lui qui décide. Dans la ferme, il est le bon Dieu. Sa bonne femme peut toujours prier. Plus elle vieillit, plus elle devient bigote.

Qu'est-ce qu'elle fait, d'ailleurs ? Elle passe la moitié de la nuit à prier, assise sous le crucifix, elle gaspille l'électricité, elle lui coûte cher.

Il faut qu'il se lève pour aller voir.

En chaussettes, seulement vêtu de sa chemise de nuit et d'un caleçon long, il se glisse dans ses sabots. Traîne les pieds dans le couloir en pierre jusqu'à la cuisine.

La porte de la pièce d'à côté est ouverte.

"Qu'est-ce que c'est que ça ? Qu'est-ce que foutent les bonnes femmes dans l'étable à cette heure ? Il faut vraiment tout faire soi-même."

Furieux, il entre dans la pièce et se dirige vers l'étable.

Toute la journée, Mich observe depuis sa cachette ce qui se passe dans la ferme.

Il voit Danner trouver des traces d'effraction. C'est un jeu d'enfant pour lui que de se dérober au regard du vieux.

Le vieux fouille toute la maison. Il monte même au grenier, là où se trouve Mich.

Mich retient son souffle. Il se tient là, une main serrée sur son couteau. Derrière la cheminée. Dans le dos du paysan. Il pourrait lui toucher l'épaule. Danner est sur l'escalier qui mène au grenier, à moins d'une coudée de Mich. Essaie avec sa lampe, une pauvre loupiote, d'y voir clair dans l'obscurité du grenier.

Il ne remarque ni la paille sur le sol, ni la corde.

Mich passe la journée à attendre. Il a le temps. Il sait exactement où les Danner cachent leur argent. Son plan est pensé dans les moindres détails.

Si tout marche comme prévu, il pourra quitter la maison sans qu'on le voie. Et si ce n'est pas le cas ?

A cette pensée, Mich a un haussement d'épaules, il n'a pas peur de devoir être violent. La violence fait partie de son "métier". Il verra bien.

En début de soirée, deux étrangers arrivent à la ferme. Deux femmes qui se dirigent vers la maison sous la pluie. Elles frappent à la porte. On leur ouvre. Au bout d'une heure, à peu près, les deux femmes ressortent de la maison. Elles se disent au revoir, et l'une d'elles retourne à l'intérieur.

Hansl Hauer, fils de Georg Hauer, treize ans

C'est mardi que la tante m'a dit d'aller chez Danner.

"Ça fait un moment qu'on les a pas vus, elle m'a dit. Peut-être qu'il est arrivé quelque chose et qu'ils ont besoin d'aide ?"

Alors j'y suis allé.

Je crois que c'était vers trois heures. Mais je suis pas sûr.

On voyait personne à la ferme des Danner, alors j'ai frappé à la porte. J'ai frappé vraiment fort et j'ai secoué la porte, mais elle était fermée à clé et personne a ouvert.

Alors j'ai fait le tour de la maison. J'ai regardé par toutes les fenêtres. Mais j'ai rien pu voir. La ferme avait l'air vraiment abandonnée. Comme s'il y avait personne.

Le chien, je l'ai entendu. Il gémissait comme un malheureux et j'ai entendu que dans l'étable les bêtes criaient. Les vaches beuglaient comme des folles. Mais je pouvais pas entrer dans l'étable, vu que la porte était fermée de l'intérieur.

Je savais que par le vieux hangar on arrive aussi dans l'étable. On arrive d'abord dans la grange et, au fond à gauche, il y a une porte en bois qui mène à l'étable.

La porte du hangar était même ouverte. Elle était grande ouverte, mais j'ai pas osé entrer.

Je suis resté sur le seuil et j'ai appelé. J'ai appelé Barbara et Marianne. Mais personne a répondu et je voulais pas entrer. J'avais bien trop peur, vu comme les bêtes criaient, c'était vraiment pas comme d'habitude. Ça avait l'air abandonné.

J'ai eu la chair de poule, tellement j'avais peur.

"Y a quelque chose qui tourne pas rond", j'arrêtais pas de me dire. C'est comme si y avait une cloche qui sonnait dans ma tête. Comme une alarme quand les pompiers arrivent. Je suis rentré en courant à la maison et j'ai raconté ça à la tante et au père.

Le père m'a dit d'aller chercher Sterzer, parce qu'il irait pas à la ferme tout seul.

Je suis reparti tout de suite, chez Sterzer à Obertannöd.

Dagmar, la fille de Sterzer, était dans le jardin avec sa mère. Elles travaillaient.

J'étais tellement énervé que j'ai commencé à crier de loin.

J'ai demandé si Sterzer était là et juste à ce moment il est sorti de la maison. Je lui ai dit qu'il y avait quelque chose qui tournait pas rond chez Danner. Y a personne à la maison et le chien pleure et les bêtes crient dans l'étable. Mon père a dit que je devais venir le chercher pour qu'il aille voir avec lui. Parce que, tout seul, mon père veut pas y aller.

Sterzer a tout de suite appelé Alois. Lois, c'est le garçon de ferme de Sterzer et le fiancé de Dagmar.

Avec Sterzer et Lois, on est partis à Tannöd chez Danner.

Un peu avant la maison, on a retrouvé mon père. Il attendait Sterzer. Il a marché avec nous jusque chez Danner.

C'est là qu'on les a trouvés.

Enfin pas moi, parce que le père voulait pas que j'entre dans la maison. Il a dit que je devais rester dehors.

Comme Sterzer et Lois sont ressortis de la grange blancs comme des linges, j'ai bien été content de pas être entré avec eux.

Mon père a dit que je devais aller au village, "Va chez le maire leur dire d'appeler les gendarmes". C'est ce que j'ai fait. Je suis allé chercher mon vélo et je suis allé au village, chez le maire, et j'ai crié que chez Danner ils étaient tous morts. Qu'ils avaient tous été assassinés. Je leur ai crié ça en plein visage à tous, même au maire.

Johann Sterzer, paysan d'Obertannöd, cinquante-deux ans

J'étais dans la salle à manger. J'ai vu Hansl arriver par la fenêtre. Il faisait des grands gestes et il arrêtait pas de crier.

Je me suis tout de suite dit que quelque chose avait dû se passer. Mais je croyais que c'était chez Hauer.

Je suis sorti tout de suite. C'est là que Hansl m'a dit : "Mon père m'envoie parce que chez Danner y a personne qui répond."

Hansl était déjà allé voir à la ferme aujourd'hui, il y avait personne et le chien gémissait comme un malheureux. Et les bêtes étaient toutes nerveuses.

"Mais mon père veut pas aller voir tout seul", il m'a dit, alors j'ai appelé Alois et on est partis à Tannöd avec Hansl.

J'avais déjà remarqué qu'il semblait y avoir personne chez Danner. Quand j'ai labouré le samedi, sur le champ qui jouxte son terrain, j'ai vu personne pendant tout le temps que j'étais là.

Sûr que c'était bizarre, mais je me suis pas cassé la tête pour ça.

"Ils font sûrement du bois", je me suis dit.

Hauer nous attendait déjà, un peu avant la maison. On est montés tous ensemble à la ferme. J'ai tout de suite vu que la porte du hangar était ouverte.

Hauer, il connaît bien la ferme, depuis l'histoire avec Barbara. Il y était souvent.

"On peut entrer dans la grange par le hangar. Là y a une porte qui mène à l'étable et de là on peut entrer dans la maison", il nous a dit, à Lois et à moi.

Il a dit à Hansl qu'il ferait mieux de rester dehors. On était d'accord, et c'est comme ça qu'on est entrés tous les trois dans le hangar. C'est vrai qu'il y avait une petite porte. Dans le mur du fond, mais elle était fermée de l'intérieur avec un crochet.

Je voulais déjà ressortir pour voir s'il y avait pas un autre moyen d'entrer dans la maison.

Mais Hauer m'a pris par le bras et il a dit : "La porte est pas solide du tout, on peut l'enfoncer."

Lois était d'accord et on s'y est donc mis à trois.

Au bout d'un moment, la porte a effectivement cédé et on a pu entrer dans la grange.

Il faisait sacrément sombre là-dedans. Il y avait juste un peu de lumière du jour qui entrait par une porte ouverte sur le côté gauche de la grange. A droite, il y avait le foin et les autres réserves de fourrage, devant le mur du fond et à gauche, il y avait partout des tas de paille. Mais avec cette obscurité on pouvait pas être sûr. On devinait plutôt.

Les cris des bêtes dans l'étable devenaient de plus en plus forts. "Eh, il y a une vache !" Hauer l'a vue le premier. La vache était dans l'encadrement de la porte.

"Elle vient vers nous, elle a dû se détacher."

Hauer s'est avancé vers la vache. Je m'étais encore pas tout à fait habitué à l'obscurité de la grange. J'étais pas tranquille, et je voulais pas rester tout seul derrière. J'ai donc suivi Hauer. Apparemment, Lois se sentait pareil. Mais, comme il veut suivre Hauer, il trébuche sur quelque chose. Se rattrape de justesse.

J'allais dire à Lois de faire attention où il marche quand je vois un pied dans la paille.

Lois m'a pris par le bras. Il m'a serré de toutes ses forces.

On était plantés là tous les deux et on fixait le tas de paille. Aucun de nous deux, ni Lois ni moi, on n'a bougé. On était juste plantés là.

J'avais le cœur qui battait tellement fort que j'ai cru qu'il allait me sortir de la poitrine. Le sol voulait plus me porter tellement j'avais les jambes en coton. Je m'accrochais à Lois de toutes mes forces, et lui à moi.

C'était tellement incroyable.

Comment Hauer a enlevé la paille. Comment il les a sortis de là l'un après l'autre. Danner, la petite Marianne, sa grand-mère et puis encore Barbara. Ils étaient tous couverts de sang, j'avais tellement peur que je pouvais pas vraiment les regarder.

L'horreur était partout. Comme dans un cauchemar. Comme quand la Thrúd est sur toi et qu'elle t'étouffe. Je voulais partir, juste sortir de là.

J'allais le faire quand Hauer m'a barré le chemin.

“Il faut encore qu'on cherche Josef”, il m'a crié en pleine face. Mais je l'ai repoussé. Hauer a encore essayé de me retenir. “Il faut qu'on cherche le petit. Où est le petit ? Où est Josef ?”

Mais je l'ai planté là, je suis sorti. Sorti dehors prendre l'air.

Dehors, j'ai trouvé Lois devant le hangar. Il était tout pâle. Il tenait plus sur ses jambes. Adossé au hangar, il s'est laissé glisser par terre. Je me suis assis à côté de lui.

Mais Hauer, qui m'avait suivi, insistait. On devait essayer de passer de la grange à la maison. J'en pouvais plus, j'étais à bout de forces et je tremblais de partout. Je me sentais incroyablement mal.

Hauer voulait rien savoir. Il insistait, il nous harcelait.

"Il faut qu'on entre dans la maison. Il faut qu'on aille voir ce qui s'est passé." Il arrêtait pas de répéter ça. Mais, Lois et moi, on restait assis par terre. Alors finalement, Hauer est retourné dans la grange tout seul.

De là, comme il nous a raconté plus tard, il est passé par l'étable pour entrer dans la maison.

Au bout de quelques minutes, on a entendu que la porte de la maison s'ouvrait.

Entre-temps, on avait suffisamment récupéré pour pouvoir se lever.

Hauer a encore une fois exigé qu'on vienne avec lui dans la maison. Et comme on était plus obligés de passer par la grange, devant les morts, on a fini par céder et on est entrés dans la maison avec lui.

Sur la table de la cuisine, il y avait encore un verre. Comme si on venait juste de quitter la pièce. Comme si quelqu'un allait revenir d'une minute à l'autre.

On a examiné la cuisine. La porte de la petite chambre était entrebâillée. Hauer l'a ouverte toute grande. A moitié caché par un édredon, on a trouvé le corps sans vie d'une femme. Autour d'elle, tout était plein de sang.

Je la connaissais pas, cette femme, je l'avais encore jamais vue.

Hauer s'est remis à insister pour qu'on aille voir dans les autres pièces de la maison.

Dans la chambre, on a fini par trouver le petit Josef dans son lit d'enfant. Il était mort, lui aussi.

Alois Huber, vingt-cinq ans

Qui sait, si j'avais pas trébuché, on les aurait peut-être pas trouvés aussi vite. Il y avait presque pas de lumière dans la grange. La lumière du jour qui entrait par la porte de l'étable suffisait même pas pour éclairer un peu la pièce.

Au début, je me suis dit que j'avais buté sur un bâton, un bout de bois, un objet assez grand, quoi. J'ai pas compris tout de suite.

Le paysan et moi, on était pétrifiés. Si Hauer avait pas été là, on aurait pas enlevé la paille. Je crois qu'on serait restés plantés là pendant une éternité, on serait juste restés plantés là, sans pouvoir bouger.

Quand j'ai vu les corps, je me suis senti mal.

Et c'est pas que je sois tellement impressionnable. A la guerre, j'en ai vu plus qu'assez, vous pouvez me croire. Tous ceux qui ont fait la guerre, ils ont vu bien assez de morts, ça devrait suffire pour toute une vie.

Mais là, comme ils étaient arrangés.

Je les connaissais tous, c'étaient pas des étrangers, c'étaient des gens qu'on voyait tous les jours.

J'ai pas pu les regarder. Je suis sorti de la grange et j'ai vomi devant le hangar.

Ensuite, c'est comme si le monde autour de moi s'était arrêté. La seule chose que je sentais encore, c'était ce dégoût, cette horreur. Celui qui a fait ça, c'est pas un être humain. C'est un démon. Ça peut pas être quelqu'un de chez nous, il y a pas de monstre comme ça ici.

Si Hauer avait pas insisté, je serais jamais entré dans la maison pour chercher les autres. Jamais de la vie.

Mais il arrêtait pas de nous harceler. On l'a suivi comme des agneaux qui vont à l'abattoir. Il a pas perdu son sang-froid, c'est presque incroyable quand on y pense. Il perdait pas la tête comme nous autres, Sterzer et moi. Il se contrôlait, il était réfléchi dans tout ce qu'il faisait. Alors que c'est lui qui connaissait le mieux Danner et sa famille. C'était quand même presque un genre de gendre. C'était quand même lui le père du petit Josef.

Moi à sa place, j'aurais pas été aussi calme. A aucun moment il a perdu son sang-froid. Je l'ai même un peu admiré, tellement il savait se contrôler. Presque comme s'il avait pas d'émotions.

Moi aussi j'en ai déjà vu pas mal, à l'époque, sous l'Adolf, ils nous ont mobilisés alors qu'on avait à peine quinze ans. Ils nous ont passé un uniforme, nous ont mis un fusil entre les mains en nous disant de tirer sur l'ennemi. Sur l'ennemi. Cette blague. L'ennemi, c'étaient des vieux et des femmes avec des enfants, et j'aurais dû leur tirer dessus !

J'étais stationné à Regenberg et les Américains encerclaient déjà toute la ville. Le mot d'ordre d'alors, c'était défendre jusqu'au dernier homme. Plutôt mourir que tomber dans les mains de l'ennemi. Quelle connerie, alors que tout était déjà foutu.

Un groupe de vieux et de femmes avec leurs enfants passait dans les rues. Ils voulaient que la ville se rende sans combattre. Il y avait que des vieux, des femmes et des enfants, car tous les hommes étaient encore au front ou en captivité.

Les messieurs haut placés du parti étaient déjà en train de foutre le camp. Des lâches, c'était, et on devait encore les aider à faire leurs valises.

Tout ce qu'ils voulaient, ces messieurs, c'était partir vite fait. Et nous autres, les gosses de quinze ans, ils nous envoyaient dans la rue. On devait tirer sur les protestataires. Sur les vieux et les femmes et les enfants on aurait dû tirer.

Alors j'ai profité de la confusion générale pour me barrer. J'ai jeté mon fusil et je suis descendu vers le Danube. Je me suis caché dans la cave d'une maison incendiée. Le soir, protégé par l'obscurité, j'ai traversé le fleuve à la nage. Je suis un bon nageur.

J'avais peur à l'époque. Juste peur. Peur de mourir.

Je me disais que c'était le pire que je pouvais connaître de toute ma vie.

De l'autre côté du Danube, à Walch, une vieille femme m'a caché pendant trois jours. Elle avait elle-même plus rien. Elle m'a caché jusqu'à ce que les Américains entrent dans la ville.

Elle m'a aussi donné des vieux vêtements de son mari mort.

Je portais encore l'uniforme de la Wehrmacht, et si les Américains m'avaient chopé comme ça, ils m'auraient fait prisonnier. Les nazis, ils m'auraient tout de suite fusillé ou pendu comme traître à la patrie, comme déserteur.

De Walch, je suis rentré à la maison à pied. J'ai mis presque une semaine avant d'arriver enfin. Après la débâcle, c'est tout le pays qui était sur les routes. J'ai vu des gens en guenilles, des morts, des pendus.

Mais une horreur comme celle que j'ai vue dans cette ferme, c'est indescriptible. Un tel massacre.

Pour faire une chose pareille, y a qu'un monstre, un fou.

Pourquoi avoir tué aussi les enfants ? Pourquoi avoir tué ces gosses, je vous le demande ? Pourquoi ?

Vous qui avez exaucé le larron sur votre croix,
Exaucez notre prière !
Vous qui sanctifiez les élus par votre miséricorde,
Exaucez notre prière !
Vous qui détenez les clés de la mort et de l'enfer,
Exaucez notre prière !
Vous qui avez voulu délivrer nos parents, notre famille et nos bienfaiteurs
des châtiments du purgatoire,
Exaucez notre prière !
Parce que vous avez voulu prendre en pitié ces âmes
auxquelles personne ne pense sur terre,
Exaucez notre prière !
Parce que vous avez voulu toutes les épargner et à toutes pardonner,
Exaucez notre prière !
Parce que vous avez voulu assouvir bien vite leur besoin de vous,
Exaucez notre prière !

Parce que vous avez voulu les admettre dans la
société de vos élus
et les sanctifier éternellement,
Exaucez notre prière !

La pièce baigne dans une douce lumière.

Il ne peut dire si les rideaux sont tirés ou non. Il voit la pièce devant lui, plongée dans une blancheur laiteuse et scintillante. Comme à travers un voile extrêmement fin.

Il voit les meubles de la pièce. La lourde commode marron foncé, en chêne, avec ses trois tiroirs. Chacun d'entre eux a deux poignées de laiton ternes, usées. Pour les ouvrir, il faut tirer sur les deux poignées en même temps. Ce sont de lourds tiroirs.

Au-dessus de la commode, un tableau. Un ange gardien qui guide deux enfants sur un pont de bois. Les enfants se tiennent par la main. Un petit garçon et une petite fille. Sous le pont, dans la partie inférieure du tableau, un torrent. L'ange gardien porte un habit blanc qui ondoie dans le vent. Il ouvre ses bras pour protéger les petits. Pieds nus, il leur fait traverser le dangereux torrent. A l'arrière-plan, l'ombre d'une chaîne de montagnes. On distingue de la neige sur les sommets.

Le cadre du tableau est doré, mais la dorure se détache par endroits. Dessous, on voit le blanc de l'apprêt.

Il sait qu'à l'autre bout de la pièce se trouve le lit. Et à côté, la table de nuit.

Tous deux également en chêne.

Sur la table de nuit, une croix encadrée de bougeoirs. Les bougies sont allumées.

Sur le lit, une jeune fille. Presque encore une enfant. Ses yeux sont fermés. Son visage d'une pâleur transparente. Ses longues tresses lui vont bien au-delà des épaules. Sur son front, une couronne de myrte.

Ses mains sont jointes sur sa poitrine. Dans ses mains, quelqu'un, sa femme peut-être, ou la laveuse, a placé une croix.

La jeune fille porte une robe blanche. Des bas blancs. Ses pieds sont habillés de bas blancs. Elle ne porte pas de chaussures. Sa silhouette semble s'effacer lentement dans la lumière de la pièce.

"Regarde-la, c'est un ange, maintenant."

Il entend une voix de femme, sa femme ? Il sent sa gorge se serrer de plus en plus. Il sent le malaise monter en lui.

"C'est un ange, maintenant. N'est-elle pas magnifique ?"

La nausée lui coupe presque le souffle.

Il se détourne, court jusqu'à la porte.

Il a l'impression de la sortir de ses gonds. Il descend l'escalier en courant. Il ne veut qu'une chose, partir. Traverser les prés et les champs et s'enfoncer dans la forêt.

Là, il se laisse tomber sur le sol. Le visage dans la mousse fraîche. A chaque respiration, il goûte le froid parfum de terre de la forêt. Un cri monte du plus profond de lui. Un cri qui veut sortir. Il crie son désespoir. Ce cri n'a plus rien d'humain, il crie son désespoir comme un animal mortellement blessé.

C'est ce cri qui le réveille. Il est assis dans son lit, trempé de sueur.

Le rêve revient nuit après nuit. Parfois, la morte sur le lit est sa femme. Les autres jours, la jeune fille a pris sa place, ou le petit garçon.

Il se lève, se dirige vers la fenêtre, regarde la nuit froide.

Maria Sterzer, paysanne d'Obertannöd, quarante-deux ans

Quand Lois et mon mari sont revenus à la ferme, ils ont rien eu besoin de me raconter. De loin déjà, à la façon dont ils marchaient, j'ai compris qu'il avait dû se passer quelque chose de terrible. Quand ils se sont assis dans la salle à manger, tout pâles, j'en ai été convaincue. On pouvait lire l'horreur sur leurs visages. Dans les nuits qui ont suivi, mon mari s'est souvent réveillé en sursaut. La vision de ces morts ne lui laissait pas de répit.

On a du mal à imaginer qu'une chose pareille arrive chez nous. Mais que Danner soit pas mort dans son lit, ça m'étonne pas plus que ça.

Il faut pas dire du mal des morts, c'est pour ça que j'aime pas parler d'eux. Vous savez, on vit dans un petit village. Les commérages vont bon train, je préfère ne pas trop en dire.

Je dirais qu'une chose, c'est que je les aimais pas, les gens de cette ferme.

C'étaient tous des originaux, et le vieux surtout, c'était pas un homme bon. Pas le genre de gens avec qui on s'entend, d'ailleurs je voulais pas spécialement m'entendre avec eux. Depuis l'histoire avec Amelie, je leur parlais même plus.

Elle était très sympathique, Amelie. Elle travaillait à la ferme de Danner, c'était de la main-d'œuvre étrangère. C'était encore pendant la guerre. Ils ont fait travailler les prisonniers et toutes sortes d'autres gens dans les fermes. Nous, on avait Pierre, un Français.

Les hommes, ils étaient tous au front, sauf Danner, qui avait réussi à pas se faire mobiliser. Faut dire qu'il avait des relations très spéciales avec ceux du parti à l'époque.

Mon mari était dans la Wehrmacht, c'est comme ça qu'on nous a attribué Pierre. Et Danner a eu Amelie.

On avait des instrutions très précises concernant la façon de traiter les travailleurs étrangers. Mais je m'y tenais pas. Pierre travaillait chez nous à la ferme. Seule avec mes enfants en bas âge et ma belle-mère, Dieu la bénisse, j'aurais jamais pu m'en sortir.

Mon mari était au front, puis en captivité. Il est revenu qu'en 1947. Mais, Dieu merci, il est revenu.

Pierre, il aimait le travail de la terre. Il était d'une famille de paysans. Sans lui, tout serait allé à vau-l'eau, il bossait comme si c'était sa propre ferme. On s'entendait bien avec lui. On n'avait pas grand-chose, mais, le peu qu'on avait, on le partageait.

Quand quelqu'un travaille autant, il faut le traiter convenablement. C'était un homme, pas une bête.

Je l'ai d'ailleurs dit en face au maire, quand il a voulu me mettre en garde.

Il a juste répondu : "Fais attention Sterzer, on en a pendu pour moins que ça."

J'ai même reçu une lettre anonyme. Ils menaçaient de me dénoncer. J'ai quand même continué à faire ce que je jugeais bon. Je me suis pas laissé impressionner.

Amelie a pas eu un sort heureux. Elle était pas bien traitée du tout chez Danner. Le vieux radin lui donnait presque rien à manger et elle devait travailler comme un bœuf.

Alors que c'était une petite personne toute délicate. Elle était pas de la campagne. Elle venait d'une ville de Pologne, de Varsovie, je crois. Mais je sais plus exactement.

Ça me brisait le cœur de la voir comme ça, la pauvre. Pierre disait que Danner courait après Amelie. Apparemment il l'importunait, la harcelait, il s'était même jeté sur elle. Elle montrait ses bleus à Pierre, et elle pleurait.

Il paraît même qu'une fois il l'a battue dehors avec le fouet. Juste parce qu'elle refusait de se soumettre. Jusqu'au sang.

Vous croyez que la femme de Danner l'aurait aidée ? Elle disait rien du tout. Au contraire, elle tourmentait et tracassait Amelie tant qu'elle pouvait.

C'est comme ça, quand on a reçu des coups toute sa vie, on les rend là où on peut.

Amelie, elle en pouvait plus de la vie dans cette ferme. Comme elle pouvait pas partir, elle s'est pendue. La pauvre gosse. Dans la grange, elle s'est pendue. Là où ils ont trouvé le vieux Danner et les siens.

C'est quand même un peu bizarre.

Danner, avec l'aide du maire, a étouffé l'affaire.

Amelie plaisait bien à Pierre. Parfois, il lui donnait en cachette des choses à manger. On n'avait pas grand-chose à offrir, mais au moins un quignon de pain, un peu de fruits et de légumes, et parfois un petit morceau de saucisse. Il lui donnait tout ça en cachette. Un jour qu'elle était vraiment à bout, elle a parlé à Pierre de son frère. Il la chercherait sûrement, quand la guerre serait finie. Elle lui raconterait tout sur Danner. Elle lui raconterait comme ils la traitaient à la ferme et que le vieux arrêtait pas de lui courir après, de la harceler. Qu'il exigeait des choses qu'elle pouvait même pas répéter à Pierre. Elle pleurait, elle pleurait, elle arrivait plus à se calmer. C'est ce que Pierre m'a raconté.

A l'époque, j'étais pas sûre que Pierre ait tout bien compris, parce qu'il parlait surtout français, et que son allemand était assez chaotique.

Mais j'arrête pas de repenser à cette histoire depuis qu'ils ont trouvé les morts. Dans la grange, comme par hasard. Qui sait, peut-être que c'est vraiment le frère d'Amelie qui est venu se venger de Danner.

Ce serait pas le premier. Il y en a une paire qui se sont vengés de leurs tortionnaires. On se raconte en douce pas mal d'histoires de ce genre. Il y en a suffisamment qui étaient pas très clairs ici. C'était une époque mauvaise, avec beaucoup de mauvaises gens.

Franz-Xavier Meier, maire, quarante-sept ans

Hansl Hauer est arrivé chez moi vers cinq heures. Il était surexcité.

Ils ont tué tous les Danner, il criait. Ils sont tous raides morts. Il n'arrêtait pas de crier : "Ils les ont tous tués. Ils sont tous morts."

Il m'a dit d'appeler la police. Ce que j'ai bien entendu fait sur-le-champ.

Je suis allé en voiture avec Hansl jusqu'à la propriété de la famille Danner. J'y ai retrouvé Georg Hauer, le père de Hansl, et Mathias Sterzer, ainsi qu'Alois Huber, le futur gendre de Sterzer, qui travaille dans sa ferme.

Après un bref entretien avec les trois personnes présentes, j'ai renoncé à me rendre sur le lieu du crime.

Peu de temps après, les fonctionnaires de police sont arrivés et j'ai alors jugé que ma présence n'était plus indispensable. Je ne peux rien dire de plus qui puisse éclaircir cet horrible crime.

Evidemment que j'étais choqué, ça va de soi. Mais il incombe à l'autorité compétente, dans ce cas à la police, et non à moi, d'éclaircir ce qui venait de se passer.

Voilà presque mot pour mot ce que j'ai dit au journaliste qui est venu me trouver.

Ah, ne commencez pas avec cette histoire de travailleuse étrangère. Je ne peux rien vous dire à ce sujet. Le dossier concernant cet incident a malheureusement été perdu en 1945. Mon prédécesseur aurait pu vous en dire davantage s'il était encore en vie.

A l'époque, j'étais moi-même prisonnier de guerre en France.

Lorsque, en avril 1945, les Américains sont venus nous libérer, je n'étais pas encore rentré. Ils ont réquisitionné la maison du maire de l'époque ainsi que la mairie. C'est là qu'ils ont établi leur quartier général provisoire. Quand ils sont repartis, les maisons étaient complètement dévastées.

Ils se sont comportés comme des barbares. Dans le jardin, ils tiraient avec leurs pistolets sur des assiettes en porcelaine. Ils appelaient ça *tap shooting*. Non mais rendez-vous compte. Quand ils sont partis, tout était dévasté ou inutilisable. Le peu qui pouvait encore servir, ces messieurs l'ont emporté.

La plupart des dossiers d'avant la débâcle ont donc été détruits. Ce qui représente pour nous un dommage immense, croyez-moi.

Pour cette raison, je ne peux pas vous dire grand-chose sur les circonstances de la mort de l'étrangère.

A ma connaissance, la jeune femme qui avait été affectée à la ferme des Danner s'est pendue. Elle a été enterrée dans notre village.

De la main-d'œuvre étrangère, il y en avait partout. En France aussi, les prisonniers de guerre que nous étions devaient travailler.

Vous croyez qu'on nous a toujours bien traités ? Mais je ne me suis pas pendu pour autant.

Je ne comprends vraiment pas le rapport avec cet horrible crime dont la famille Danner a été victime. On essaie juste de faire resurgir de vieilles histoires. Vous savez, il y a des gens qui ne peuvent pas laisser ces histoires où elles sont. Ça fait dix ans que la guerre est finie. Arrêtons donc une bonne fois pour toutes de ressasser tout ça. Cette époque était suffisamment terrible.

Nous avons tous souffert. Chacun porte son fardeau, mais la terre ne s'arrête pas de tourner pour autant. Les temps changent. Ça ne sert à rien de se demander : qu'est-ce qui se passerait si… ? A rien du tout.

Evidemment qu'il y a eu des injustices, évidemment qu'il y a eu des moments de désespoir. Chacun d'entre nous a connu ça. Mais la guerre est finie. Finie depuis bientôt dix ans, et on devrait commencer à oublier.

J'étais moi-même prisonnier de guerre. Ce n'était pas facile, vous pouvez me croire. J'ai eu la chance de pouvoir rentrer juste après la fin de la guerre. D'autres ne peuvent pas en dire autant, mais qui ça intéresse aujourd'hui ? Le passé, c'est le passé.

Il y a suffisamment d'autres problèmes. Ici, la situation s'améliore tout doucement. Vous ne lisez pas les journaux ?

Prenez donc le contexte international. Avec la fin de la guerre de Corée, la situation est certes un peu moins tendue. Notre peur d'une nouvelle guerre est momentanément apaisée. Mais je vous le dis, les communistes de Russie ne vont pas rester tranquilles. Vous ne croyez quand même pas que Khrouchtchev vaut mieux que son prédécesseur !

D'accord, les derniers prisonniers de guerre rentrent chez eux. Ce n'est pas trop tôt, après bientôt dix ans, mais ça ne change rien au danger latent que représente l'Est. C'est pour ça qu'il était tellement important pour nous de signer les accords de Paris.

Il faut que nous formions un contrepoids. Parce que le monde a changé après la guerre.

J'espère bien que ce chapitre est définitivement clos.

Ne courez donc pas après les commérages. Je peux bien imaginer où vous avez entendu ça.

L'attitude de cette femme a-t-elle toujours été si irréprochable qu'elle puisse montrer les autres du doigt ? Je ne voudrais pas en juger, mais on entend des choses.

Quand le mari est au front pour défendre sa patrie, sa propre femme le trahit en ayant une liaison avec un Français. Il risque sa vie pour le pays et, elle, elle fraternise avec l'ennemi.

L'ennemi reste toujours l'ennemi, comme on disait déjà à l'époque, et on ne peut pas toujours discuter la pertinence de cette phrase.

Arrêtez donc. On dénonce d'honorables citoyens et on porte atteinte à tout un village. Tout cela parce qu'une demi-juive polonaise s'est pendue. Elle devait être fragile, c'est tout.

Je trouve plus qu'étonnant d'essayer d'établir un lien aussi longtemps après. Ça n'aide personne. Tenons-nous-en plutôt aux faits. Les spéculations, peu importe dans quelle direction, n'apportent rien.

Surtout dans le cas d'un crime aussi horrible. Maintenant, si vous voulez bien m'excuser…

O roi de gloire,
O Jésus-Christ, Fils de Dieu,
O Agneau de Dieu qui enlevez les péchés du monde,
Donnez-leur le repos !
O Agneau de Dieu qui enlevez les péchés du monde,
Donnez-leur le repos !
O Agneau de Dieu qui enlevez les péchés du monde,
Donnez-leur le repos éternel !

Anna Hierl, ancienne fille de ferme des Danner, vingt-quatre ans

Je l'ai vu venir. Est-ce que j'ai été surprise ? Non. Secouée, ça oui, je les connaissais tous et j'ai vécu sous leur toit pendant un moment. Mais surprise, non, j'ai pas été surprise. Je crois que j'ai toujours envisagé un truc de ce genre.

Vous savez, le vieux Danner employait volontiers des vagabonds pour la récolte.

Pourquoi ? Ben, comme ça il les payait moins. C'est pas compliqué. Quand on en a un qui a quelque chose sur la conscience et qui préfère pas être déclaré auprès de la police, on peut le payer moins.

Un gars comme ça, il est parfois juste content d'avoir un toit sur la tête et de manger chaud. Et Danner était content quand il avait presque rien à payer. Il était comme ça, le vieux Danner. Rusé et radin.

Le vieux a déjà montré toute la ferme à ce genre de fainéants et de vagabonds. Je comprends pas. Il leur faisait visiter. Il était fier comme un coq, il se tenait bien droit et gonflait la poitrine, comme s'il avait avalé un balai.

Il se promenait dans la maison et dans la ferme avec ces vagabonds.

Il leur montrait toutes les machines, pas étonnant ensuite qu'un gars comme ça disparaisse au bout de quelques jours et qu'on se rende compte qu'il manque quelque chose.

Je fermais toujours ma chambre à clé quand il y avait ce genre de vauriens dans la ferme.

Une fois, il y en avait un qui s'appelait Karl, je crois. Oui, Karl, j'en suis sûre. Ces gaillards disaient pas volontiers leur nom de famille.

Pas difficile de s'imaginer pourquoi.

Karl, il a aidé le vieux à couper du bois dans la forêt.

C'était juste après la grosse tempête de juillet, l'année dernière.

Ils ont sorti les arbres cassés par la tempête. C'était pas une tâche facile. Y en a déjà une paire qui ont été tués par un arbre ou qui ont perdu une jambe. Après un temps pareil, les arbres partent souvent dans tous les sens. Certains sont sous tension, ils "sautent" quand on les coupe.

Karl est parti au bout d'une petite semaine. Disparu sans laisser de trace, et avec lui quelques poules, des vêtements et des chaussures.

Quand on a essayé de cambrioler la ferme en automne, j'en ai eu assez. J'ai cherché une nouvelle place.

Ce qui s'est passé ? J'étais pas à la ferme ce jour-là, c'est Barbara, la fille de Danner, qui m'a raconté ça le lendemain. J'étais chez ma tante à Endlfeld. Elle était malade, et j'étais allée la voir.

C'était un dimanche, vous vous rendez compte, un dimanche. Pendant que les pieuses gens sont à l'église. Ce dimanche-là, je suis partie chez ma tante juste après la messe. Barbara et la famille, ils sont encore allés au cimetière, et puis ils sont rentrés.

Quand ils ont voulu entrer dans la maison, ils ont vu que quelqu'un avait essayé de forcer la porte. Tout le monde pouvait voir les traces sur la porte en bois, elle était toute griffée. Comme si on avait utilisé un biseau. Un miracle que cette canaille ait pas réussi à ouvrir la porte.

Apparemment, il avait été dérangé, et il s'est sauvé sans demander son reste.

Ça m'a pas étonnée, tous les bandits qui ont travaillé dans cette ferme savaient parfaitement ce qu'il y avait à voler chez Danner.

Pas seulement des poules. Il avait toujours un bon paquet d'argent dans la maison. C'était un secret de Polichinelle. Tous ceux qui ont travaillé dans cette ferme le savaient.

Bref, comme je l'ai déjà dit, après ça j'ai plus voulu rester à la ferme.

J'avais peur que le cambrioleur revienne, cette fois de nuit, qui sait. On entend ce genre d'histoires tous les jours.

La ferme, elle est complètement isolée. Perdue au milieu de nulle part.

La dernière chose que je voulais, c'était être encore chez eux en hiver. La nuit tombe à trois heures et demie, et à quatre heures il fait noir. Là, il y a personne pour vous venir en aide. J'ai pris mes cliques et mes claques et je suis partie. Et j'ai tout de suite retrouvé une place.

Si j'étais pas partie, qui sait, y a de fortes chances que je serais morte moi aussi. Non merci. Je veux vivre encore un bon moment, j'aime trop la vie, moi.

Avec Danner et sa famille, on pouvait s'entendre. Je connais les rumeurs. C'était un original. Qu'y disent, les gens. Lui et toute sa famille.

Peut-être, mais moi je m'entendais avec eux. Je faisais mon travail et, quand j'avais des jours de libre, j'allais danser ou voir ma famille.

Le travail, c'est le travail. Il faut travailler partout. On vous paie pas à rien faire. Quand on est fille de ferme, il faut savoir relever ses manches, et j'aime ce travail. Mais quand j'ai congé, je fais en sorte de pas rester là.

J'ai jamais été importunée par le vieux Danner. Mais j'aurais su me défendre, vous pouvez me croire. Je me laisse pas faire.

Comment était la relation entre Danner et sa fille ?

Oh, je vois où vous voulez en venir.

Je peux rien en dire, mais je me suis jamais occupée de ça, et puis je suis pas restée bien longtemps à la ferme, juste du printemps à l'automne.

Si Barbara dormait dans la chambre de son père, comme le disent certains ici ? Je pourrais pas le jurer.

Les gens parlent beaucoup, vous savez. Je peux juste vous dire ce que j'ai vu. Et tous les deux, je les ai vus qu'une fois dans la grange. Et encore, je suis pas certaine.

Je suis entrée et ils étaient couchés dans le foin. Juste quand j'entrais dans la grange, Barbara s'est levée d'un bond. J'aurais rien vu du tout si elle avait pas bougé.

J'ai fait comme si j'avais rien remarqué, et c'est vrai en plus, j'ai rien vu. Rien de précis en tout cas.

Vous savez, c'est pas mon affaire. Est-ce que je suis le curé, ou un juge ? En quoi ça me regarde ?

Barbara était bien embarrassée et elle a dit que si elle avait su que je repasserais par la grange elle serait pas sortie.

Si je crois que ses enfants sont de son père ? Eh ben, vous avez de ces questions, vous !

Pour être honnête, je crois bien, mais je peux évidemment pas le savoir. J'y étais pas. Mais j'ai entendu de mes propres oreilles que Danner a dit à Karl, le vagabond, que sa fille avait pas besoin d'homme. Qu'elle l'avait lui.

Karl avait posé des questions sur le mari de Barbara. Où il était passé ? Peut-être qu'il avait des vues sur elle. Mais il serait tombé sur un os.

Elle était jolie, Barbara, ça c'est sûr, mais elle était sacrément fière aussi. Elle était comme son père.

La vieille Danner, la mère de Barbara, c'était une taiseuse.

Certains disent qu'elle était revêche. Mais c'est pas vrai. Elle était rongée par les soucis, et déçue par la vie.

Elle s'occupait juste de ses petits-enfants, et elle faisait à manger. Le soir, elle était toujours assise dans la cuisine avec son livre de prières à la main. C'était un vieux livre tout usé. Elle était assise là avec son livre à la main à marmonner des choses.

Mais, une fois, la vieille Danner m'a raconté que le mari de sa fille était un sacré numéro et qu'il était parti vivre en Amérique.

C'est le vieux Danner qui lui a donné l'argent. Je me souviens encore que j'en revenais pas que la vieille me raconte tout ça, elle qui disait presque jamais rien.

Elle était assise là et elle a commencé à parler. Au début, j'ai même pas remarqué qu'elle s'adressait à moi. Elle parlait tellement doucement que je me suis dit qu'elle priait, et elle savait pas regarder les gens dans les yeux quand elle causait.

Sauf avec ses petits-enfants. Elle a été une grand-mère aimante. Ils étaient sa seule joie, je crois. Marianne et Josef.

Avec son mari, elle a certainement pas eu la belle vie, ça on peut le dire.

Elle avait quelques bonnes années de plus que lui et il l'a sûrement mariée juste pour la ferme. Parce qu'elle était à la vieille. Danner, il est arrivé là grâce à ce mariage. Des fois je me dis qu'elle avait peur de lui, parce qu'on se tait pas comme ça toute sa vie. Oui, elle avait sûrement peur de son mari, hargneux comme il était. Certains jours, il avait pas un seul mot gentil pour sa femme. Il râlait avec elle, et elle s'écrasait toujours. Pas une seule fois elle a élevé la voix avec lui, pas une seule fois. Même quand il a envoyé valser la marmite par terre juste parce que ses "bondieuseries" lui tapaient sur le système. Il a balayé la marmite d'un geste, et il y avait de la nourriture partout dans la pièce. Elle se tenait là, la vieille Danner, et elle a tout nettoyé sans un mot. On aurait dit un chien battu. Et Barbara qui la regardait. Moi je me serais pas laissé faire.

Et maintenant, vous voulez sûrement que je vous raconte l'histoire de Hauer. Pas vrai ? J'ai tout de suite vu à qui j'avais affaire.

Alors voilà, Hauer, c'est le plus proche voisin. On peut voir sa ferme quand on regarde par la fenêtre du toit. Oui, on peut voir la propriété de Hauer. Elle est de l'autre côté des prés, sa ferme. C'est une belle propriété.

A pied, en marchant vite, on y est en dix minutes, je dirais. J'ai jamais compté.

Comme je l'ai dit, on la voit de la fenêtre du toit, mais juste de là.

Hauer, il courait après Barbara. Paraît que le petit est de lui. En tout cas, il a fait le père.

Ben, c'est lui le père dans le registre de la mairie.

Le mari de Barbara, il est parti alors qu'ils étaient à peine mariés. La petite Marianne même pas encore née. C'est Hauer qui me l'a raconté.

Paraît qu'il a disparu en pleine nuit. Du jour au lendemain.

En tout cas, c'est ce que Hauer m'a raconté, à la ferme personne parlait de ça.

La femme de Hauer est morte il y a trois ans. Elle a été bien malade pendant assez longtemps. Il me l'a dit lui-même et je l'avais entendu par les gens du village.

Paraît qu'elle avait le cancer et qu'elle a souffert bien longtemps.

Sa femme était à peine morte que Hauer a commencé une liaison avec Barbara. Apparemment, au début elle était folle de lui et elle se serait jetée dans ses bras juste après la mort de sa femme.

Je sais pas si c'est vrai. Hauer me fait pas l'impression de quelqu'un qui sait pas vivre.

Mais je répète juste ce qu'il m'a raconté lui-même. Il peut être sacrément bavard quand il a bu une bière de trop.

Barbara a dû tomber enceinte tout de suite. Mais juste après la naissance du petit Josef elle voulait soudain plus rien avoir à faire avec lui. Il devait juste faire encore le père, et après elle l'a laissé tomber, c'est ce qu'il m'a raconté, en tout cas. Il voulait dénoncer Barbara et son père, pour que tout le monde soit au courant de leurs relations. Il disait que c'était un péché mortel, que c'était contre nature et tout le tralala.

Mais Hauer en tenait déjà une bonne quand il m'a raconté cette histoire. C'était le jour de la fête de la récolte. Il m'a tout raconté en long en large et en travers.

J'ai pas vraiment écouté tout son laïus et la plupart, je l'ai même pas compris, tellement il était saoul.

De mes propres yeux, j'ai juste vu une fois que Danner a empêché Hauer de voir sa fille. Il a dit qu'elle était pas là. Alors qu'elle était dans la petite chambre.

Si vous voulez en savoir davantage, faut que vous parliez à Hauer directement. Je dis rien de plus, je veux pas tomber dans les commérages.

Bon, je retourne à mon travail moi, si vous n'avez plus de questions. Comme je l'ai déjà dit, on nous paie pas à rien faire.

Le soir est arrivé. Ils sont tous allés se coucher. Hansl, son fils, Anna, sa belle-sœur. Ça fait maintenant six ans qu'Anna est venue s'installer à la maison. A l'époque où les premiers signes de maladie étaient apparus chez sa femme, qui n'était plus en mesure de s'occuper de la maison et de la ferme. Petit à petit, elle a repris le ménage, et elle s'est occupée de Hansl comme si c'était son propre fils.

Elle a donné des soins à sa femme lorsque la maladie ne lui permettait plus de quitter le lit, dans la chambre d'en haut. Jusqu'à sa mort, sa belle-sœur s'est occupée de sa femme, sa sœur, avec dévouement. Elle la lavait le matin, lui donnait à manger. Prenait soin d'elle toute la journée. Elle lui apportait son soutien. Lorsque la fin était déjà proche. Lorsque la vue de ses souffrances lui était déjà devenue insupportable, elle s'était installée à sa place dans la chambre à coucher. Pour être aussi près d'elle la nuit, pour apaiser sa douleur, lui apporter du réconfort.

A ce moment-là, il ne lui était déjà plus possible de rester auprès de sa femme. Ses souffrances lui faisaient horreur, il ne pouvait pas l'aider, lui apporter son soutien. Comme c'était pourtant son devoir. "Pour le meilleur et pour le pire."

Il se surprenait à souhaiter que ses douleurs aient une fin. Il appelait de ses vœux la mort de sa femme. Il ne pouvait plus supporter sa vue, son martyre. Il ne pouvait plus supporter l'odeur douceâtre de maladie et de mort qui l'enveloppait comme un manteau. Il ne pouvait plus voir sa silhouette amaigrie, rongée de l'intérieur.

Il quittait la maison aussi souvent que possible. Le jour de sa mort aussi, il était dehors toute la journée. Il a traîné, alors qu'il avait déjà fini sa journée de travail. Il a flâné dans la forêt, passé une éternité assis sur une pierre. Tout, plutôt que de rentrer à la maison. Il ne voulait pas sentir cette étroitesse, ne voulait pas voir les limites de la vie, sa finitude.

Lorsque Anna lui a annoncé la nouvelle, il s'est senti soulagé. Il ne ressentait aucune tristesse, il était content. On venait de lui enlever un poids de la poitrine. Il pouvait recommencer à vivre. Il se sentait libre. Libre comme un oiseau.

Personne ne l'aurait compris.

Le premier mois de deuil n'était pas encore fini qu'il avait une liaison avec Barbara, et il ne ressentait ni honte, ni culpabilité. Il était libre. Pour la première et peut-être la seule fois de sa vie, il se sentait libre.

Au début, il était surpris qu'elle s'intéresse à lui. Il doutait de la sincérité de ses sentiments à son égard. Mais l'entrain avec lequel elle se donnait à lui a dissipé les doutes qui l'oppressaient. Il n'a fait qu'augmenter le désir qu'il avait d'elle, de son corps.

Un corps qui n'était pas marqué du signe de la mort, de la souffrance. Un corps enveloppé de l'odeur de la vie, un corps avide de vivre. Il a cédé à ce désir, à cette passion sans retenue, avidement.

Les autres pouvaient bien trouver son comportement choquant et immoral. Avec Barbara, il avait trouvé ce qui lui avait été refusé jusqu'alors. Et pas seulement dans les dernières années de son mariage.

Cette union avait davantage été une association de deux personnes qui partageaient les mêmes intérêts. Un mariage arrangé, chose courante entre paysans. “L'amour viendra avec les années, l'important, c'est de conserver «notre affaire».”

Après un moment de peur, à cause de ce désir qu'il ressentait lorsqu'il était avec Barbara, il a vécu cette passion sans retenue.

Lorsqu'elle lui a finalement avoué qu'elle était enceinte, il en a été heureux. Les doutes ne sont venus que progressivement.

Son attitude envers lui a changé. Elle se refusait de plus en plus souvent. Sa passion pour lui se transformait en un mépris de plus en plus ouvert. Lorsqu'il venait à la ferme pour s'expliquer avec elle, elle faisait dire qu'elle n'était pas là.

Lui, cependant, ne pouvait plus revenir en arrière, il avait changé. Il s'était engagé dans une relation de dépendance inconnue jusqu'alors, dans une véritable passion.

Il connaissait la rumeur qui courait au village. Il s'est entêté à dire à tout le monde, qu'ils veuillent l'entendre ou non, que le petit était le sien. Son Josef. Il s'est fait inscrire à la mairie. C'était lui le père de l'enfant, il s'accrochait à cette idée comme un homme en train de se noyer à la corde qu'on lui jette.

Josef était son petit, et il était mort. Assassiné. Il ne pouvait oublier la vision de l'enfant. Il voyait constamment l'enfant mort, qu'il ait les yeux fermés ou ouverts. Cette image ne le quittait plus, ni le jour, ni la nuit.

Anna Meier, épicière, cinquante-cinq ans

C'est horrible, ce malheur qui est arrivé là-haut à Tannöd.

La peur a gagné le village. Tout le monde a peur. Qui peut bien faire une chose pareille ?

Qui peut entrer comme ça chez les gens et les tuer sous leur propre toit ? Et le pire, tuer les enfants avec. Ça peut être qu'un fou qui a fait ça. Un fou furieux. Quand on est sain d'esprit, on fait pas une chose pareille. Non, impossible.

A l'enterrement, le cimetière était rempli. J'ai encore jamais vu autant de gens à un enterrement. De partout, ils sont venus. Il y avait plein de têtes que je connaissais pas, et avec ma boutique je connais tout le monde dans le coin. Ils achètent tous chez moi. Mais là il y avait des gens au cimetière pour l'enterrement, je les avais encore jamais vus de ma vie.

Ils étaient pas de chez nous, ils sont venus comme à la foire. Des vrais badauds. Parce que c'était dans le journal, le coup de la "ferme du crime".

"Ferme du crime", ils ont écrit dans le journal. Le gars du canard est même venu dans ma boutique pour me tirer les vers du nez. Il a fait tout le village. Et après il a écrit cette horrible histoire de "ferme du crime". C'est jusqu'aux gens de la ville qui sont venus chez nous au cimetière. Affreux. Tout simplement horrible.

La dernière fois que j'ai vu Barbara Spangler ? Attendez voir, exactement une semaine avant sa mort. Le vendredi. Elle était chez nous au magasin et elle a acheté quelques bricoles. J'en ai profité pour lui demander s'ils avaient déjà une nouvelle fille de ferme, parce que j'en connaissais une sérieuse.

Dis-lui qu'elle peut commencer chez nous dès la Saint-Joseph, a encore dit Barbara.

J'ai donc dit ça à Traudl Krieger.

Je m'en veux encore tellement, mais je pouvais pas savoir qu'ils allaient tous se faire tuer cette nuit-là.

De nos jours, on a du mal à trouver une fille consciencieuse. C'est plus comme avant la guerre.

Les jeunes filles, maintenant, elles veulent toutes aller à la ville, dans les usines. Elles veulent plus avoir une place dans le village, chez un paysan. Faut dire qu'à l'usine elles gagnent beaucoup mieux que dans l'agriculture.

Et elles se salissent pas autant. C'est plus comme avant.

Barbara a payé ses achats et elle a quitté le magasin. Rien d'inhabituel.

Un cambriolage à la ferme ? Non, je suis pas au courant. Une fois, oui, en automne, Barbara m'a raconté que quelqu'un avait voulu les cambrioler. Mais ça fait déjà un bout de temps. Et puis elle avait dit qu'on avait rien volé.

C'était pour ça qu'Anna était partie. Anna, c'est la fille qui travaillait à la ferme à l'époque. En hiver, ils se sont débrouillés sans. Dans une ferme comme ça, il y a moins à faire en hiver. De temps en temps, quelqu'un leur donnait un coup de main, je le savais de Barbara.

Mais je demandais pas qui c'était. Chez eux, il y avait souvent des étrangers dans la ferme. La plupart du temps, ils repartaient rapidement.

Ils étaient sûrement pas déclarés.

J'aimais bien Barbara et je sais pas quelles histoires on se racontait. Ça me regarde pas. Ça me prendrait tout mon temps, qu'est-ce que vous pensez que les gens me racontent toute la journée ?

Je pourrais écrire des livres, des livres entiers. Tout ça, ça me regarde pas.

Comme l'histoire de Barbara et son père, on parle, on parle, mais personne en sait vraiment rien.

Ben oui, personne y était.

Quand elle a eu le petit. Qu'est-ce que vous croyez, ça en a fait jaser une paire au village. Ça y allait.

Mais quand on a su que c'était Hauer le père, alors là ils se sont vraiment déchaînés. Salope et putain, c'était encore ce qu'on disait de plus gentil sur Barbara.

J'entends les commérages et je les oublie aussitôt. Ça rentre par une oreille et ça ressort par l'autre.

Oui, je me souviens de Vinzenz, le mari de Barbara. Il était pas fait pour l'agriculture. Ça non. D'ailleurs il est pas resté bien longtemps à la ferme.

Si vous voulez mon avis, il avait deux mains gauches pour ce genre de travail et, avec Danner, il pouvait pas tomber plus mal.

On peut dire ce qu'on veut sur Danner, mais c'était un bosseur. C'était un vrai paysan, il tenait son affaire, même si c'était vraiment un original.

Je crois qu'il a un peu mis la main à la pâte pour se débarrasser de Vinzenz. Paraît qu'il l'a payé, mais, là encore, c'est des rumeurs.

Le fait est que Vinzenz a disparu du jour au lendemain. Certains disent qu'il est parti en Amérique. Mais j'y crois pas. Il sera retourné à l'Est. C'est de là qu'il venait. C'était un réfugié. Il était arrivé en 1945, juste après la guerre. Il avait été placé dans la ferme de Danner.

Mais il est pas resté un an. Il était pas fait pour cette vie-là. Ça non.

C'est affreux que tout ait fini comme ça. Affreux. J'y pense toute la journée. Ça veut pas me sortir de la tête, qui peut bien faire une chose pareille, je vous le demande. Quel genre d'homme ? Mais c'est même pas un homme, c'est une bête.

INHUMATION DES VICTIMES DE LA FERME DE TANNÖD
L'OMBRE PLANE TOUJOURS SUR LE COUPABLE ET SON MOBILE

Einhausen / Haut-Palatinat. – C'est tout un village en deuil qui a assisté, lundi, à Tannöd, commune d'Einhausen, aux obsèques des membres de la famille Danner, assassinés à leur domicile.

Hans-Georg Meißner, curé de la paroisse, a déclaré lors de cette cérémonie qui a rassemblé plus de quatre cents personnes que ce crime soulevait des questions dérangeantes.

"Nous demeurons dans la douleur et le deuil. Ce crime infâme nous laisse aujourd'hui complètement désemparés."

Comme nous en avons rendu compte ici même, les corps de l'agriculteur Hermann Danner, de sa femme Theresia, de sa fille Barbara Spangler, des enfants de celle-ci, Marianne et

Josef, ainsi que de Maria Meiler, fille de ferme des Danner, ont été découverts mardi dernier.

Selon le rapport d'autopsie, toutes les victimes sont décédées des suites de violents coups portés à la tête, le ou les coupables s'étant probablement servis d'une pioche retrouvée sur le lieu du crime.

Les officiers de police en charge de l'affaire estiment que c'est ce que laisse supposer la nature des blessures. Les enquêteurs se sont montrés bouleversés par la brutalité des coups portés aux victimes.

Les corps des époux Danner ainsi que de leur fille Barbara et de leur petite-fille Marianne ont été découverts par des voisins dans la grange de la propriété, dissimulés sous un tas de paille.

Ceux des autres victimes ont été trouvés dans la maison de la famille.

Cette famille menait une vie retirée. Maria Meiler venait juste d'entrer à son service.

D'après les déclarations du commissariat de police en charge de l'enquête, les personnes susnommées ont probablement été tuées dans la nuit du 18 au 19 mars. Cette estimation s'est vue confirmée par le rapport d'autopsie.

Le corps de Barbara Spangler présente également des marques de strangulation.

On ne peut pour l'instant exclure l'hypothèse d'un crime crapuleux.

Si l'on en croit les déclarations des voisins, cette famille retirée n'était pas sans fortune.

Elle aurait conservé à son domicile d'importantes quantités d'argent liquide, de bijoux et de valeurs.

Les armoires de la chambre à coucher auraient été fouillées.

Pour l'heure, aucune trace des coupables.

Maria Lichtl, cuisinière du curé, soixante-trois ans

Si vous voulez mon avis, c'est le diable qui les a emportés. Oui, le diable, c'est lui qu'est venu chercher toute la clique.

M. le curé me croit pas. Il me dit d'arrêter de parler comme une impie. Mais c'est vrai, c'est la vérité et on a bien le droit de la dire.

Ça fait trente ans que je suis la cuisinière du curé. Ça fait trente ans que je tiens la maison de M. le curé. C'était déjà moi qui m'occupais de la cuisine et de la maison de notre vieux père Rauch. Ils ont toujours été contents de moi, ces messieurs.

J'en ai déjà vu de belles dans ma vie, vous pouvez me croire. C'est pour ça que je vous dis que cette clique, là-bas, c'est Lucifer qui l'a emportée. Même si M. le curé aime pas que je le dise.

Je l'ai même vu, le malin, le prince des ténèbres.

Quand je revenais de chez ma sœur. Elle habite à Schamau, le chemin passe par Tannöd.

Là, juste là, je l'ai vu. Il était à l'orée de la forêt, il regardait vers la ferme de Danner. Il était tout noir, avec un chapeau et une plume sur la tête. Il y en a qu'un comme ça, c'était lui, le diable. Il y a que lui pour avoir cet air-là, je vous dis, et quand je me suis retournée encore une fois, il avait disparu. Il s'était volatilisé. Faut pas s'étonner, avec ce qu'ils fabriquaient là-bas.

Arrêtez voir, quand le père va avec la fille et que tout part à vau-l'eau.

Et les vauriens qu'il avait toujours dans sa ferme. Faut pas s'étonner que Belzébuth il vienne et qu'il emporte tout le monde.

Des vagabonds et des bandits, que des vauriens qu'il avait dans sa ferme. Que des gars qui aiment pas trop la lumière.

Et son "beau monsieur" de gendre aussi, il a disparu, en pleine nuit.

Le diable sera venu le chercher en premier. On dit qu'il est en Amérique, le "beau monsieur".

Me faites pas rire ! Il est sûrement à la légion. C'est là qu'ils vont, tous les filous.

Le vieux l'a payé. C'est ce que tout le monde dit au village et après il est parti chez les Français.

Il est sûrement entré dans la légion, le bandit. Comme tous les bandits. Si le diable l'a pas encore emporté, il va sûrement le faire bientôt, le prince des ténèbres.

Elle est venue voir le curé avec une lettre, Barbara.

Avec une lettre des Français. Non, la lettre, je l'ai pas vue.

Mais elle voulait parler à M. le curé, et après, pour le remercier, elle a laissé un don à l'église.

L'enveloppe, je l'ai vue, je l'ai vue de mes propres yeux.

Elle a sûrement voulu acheter une indulgence pour ses péchés. Sa mauvaise conscience la taraudait. Elle l'oppressait comme la Thrúd. Mais c'était trop tard, le malin est quand même venu la chercher.

Elle a toujours été "une fière", et son père aussi.

Ils parlaient qu'avec ceux qui leur revenaient. Ça m'étonne que quand ils allaient à l'église, le dimanche, les saints leur aient pas tourné le dos.

Son garçon, il était aussi du père. Tout le monde le sait au village. Hauer, "l'imbécile", il s'est fait payer pour dire que c'était lui.

Mais le dire, ça non, il faut pas.

M. le curé ferme volontiers les yeux et les oreilles sur ce genre de choses.

Ils sont comme ça, ces messieurs, ils ne croient qu'à la bonté de l'homme. Alors que c'est que dépravations autour d'eux, qu'on peut pas faire pire.

Le vieux, il a tous les péchés mortels sur la conscience, tous.

Il a magouillé dès la fin de la guerre, et avant aussi.

D'abord, c'était un nazi fini, et après il fricotait avec les Américains.

Il s'entendait avec tous ceux qui pouvaient lui apporter quelque chose.

Je veux pas savoir tout ce qu'il a sur la conscience, celui-là. Si je le savais, je fermerais plus l'œil de la nuit.

Et son gendre, il avait les gendarmes aux trousses. Paraît qu'il a fait de la contrebande, et il a disparu d'un coup. Sinon il aurait pas disparu comme ça, "ni vu ni connu j't'embrouille".

Je le dis et je le répète, c'est le diable qui a emporté toute la clique.

Il y avait même un orage dans la nuit de vendredi à samedi.

Le vendredi, c'est un bon jour pour la chasse sauvage et la Thrúd et toute la bande. Il y en a déjà une paire qui ont disparu un vendredi, dans une maison où il y avait eu un suicide, en plus.

Elles reviennent hanter les lieux, les pauvres âmes, et elles se font justice. Ma mère me racontait déjà ce genre d'histoires, et elle les tenait de sa mère. Faut écouter les vieux.

Par la Vierge Marie, que je tombe raide morte si j'ai pas raison.

Père Meißner, curé, soixante-trois ans

Je suis curé dans cette paroisse depuis la fin de la guerre. Ça fait bientôt dix ans, maintenant.

Mais, à ma connaissance, jamais une chose pareille, jamais un meurtre ne s'était produit chez nous.

De nombreuses familles, dans cette paroisse, sont profondément bouleversées, inquiètes. Certains ne sortent plus de chez eux après la tombée de la nuit. La vie de la communauté n'existe plus. Tout le monde se méfie de tout le monde. C'est une véritable tragédie.

Nous croyions pourtant avoir le pire derrière nous, la vie retrouvait doucement le droit chemin. Au village, tout le monde est rentré, maintenant. La vie était revenue à la normale, et tout à coup ce meurtre. La peur revient soudain, tout est remis en question. Nous constatons que l'apparence de normalité du quotidien peut vraiment être trompeuse. Mais assez parlé de ça.

Vous voulez certainement me poser des questions sur la famille Danner. Comment étaient les Danner. Eh bien, je crois que la vieille Mme Danner était une bonne chrétienne. C'était une femme simple, mais très croyante. Elle cherchait souvent du réconfort, et elle le trouvait dans la prière. Elle était très renfermée, et encore davantage ces derniers temps. Je crois qu'elle était déjà arrivée au terme de son voyage et qu'elle se préparait intérieurement à une vie après la mort. Pour autant que je puisse en juger, elle était très gentille avec ses petits-enfants.

Son mari était un patriarche, dans le bon comme dans le mauvais sens du terme. Au sein de la famille, sa parole avait valeur de loi. Personne ne pouvait se révolter contre lui, personne. Personne ne pouvait s'opposer à sa volonté. Il était certainement croyant, mais à sa manière. C'était plutôt, je dirais, un homme de l'Ancien Testament. Dur avec lui-même, dur avec les siens.

Et sa fille, Barbara. J'ai longtemps cru qu'elle souffrait de la domination de son père. Mais je n'en suis plus si sûr. Barbara avait son caractère. Je crois qu'il y avait entre eux une sorte d'amour-haine.

D'un côté, elle admirait son père. D'ailleurs, avec ses manières brusques, elle lui ressemblait souvent beaucoup.

De l'autre, je ne peux pas m'empêcher de penser qu'elle le détestait. Qu'elle le détestait vraiment.

Elle ne s'en est jamais ouverte à moi, bien que j'aie plusieurs fois essayé de la faire parler. Mais la façon dont elle le regardait parfois, quand elle croyait que personne ne la voyait. En tant qu'homme de Dieu, je trouvais cela très surprenant. Il y avait de la haine dans ses yeux. Pas de l'amour, non, de la haine.

En tant que curé, on est confronté à tous les aspects du commerce entre les hommes et, vous pouvez me croire, j'en ai déjà vu beaucoup, mais, ces derniers temps surtout, je voyais de plus en plus souvent de l'aversion, de la haine dans ses yeux.

La petite Marianne était une rêveuse, une petite rêveuse. Je lui avais enseigné la religion à l'école. Elle était très calme, un peu dans la lune. Une jolie petite fille avec des tresses blondes. Je trouve littéralement insupportable l'idée que la main du meurtrier se soit également portée sur elle. Sur elle et le petit Josef. Pourquoi, me dis-je, pourquoi peut-il arriver des choses pareilles, pourquoi deux enfants innocents peuvent-ils être les victimes d'un tel sacrilège ?

Les moulins de Dieu sont lents à moudre, je suis cependant convaincu que ce crime ne peut rester impuni. Si on ne prononce pas ici et maintenant un jugement contre le ou les coupables, celui-ci ou ceux-ci n'échapperont pas pour autant à un juste châtiment.

Je suis persuadé que le coupable ne peut être l'un d'entre nous. Je ne crois aucun des membres de ma paroisse capable d'une chose pareille. Un crime aussi diabolique ne peut avoir été commis par un bon chrétien.

Ce qu'est devenu le mari de Barbara ? Vous voulez dire Vinzenz ?

Le bruit court qu'il est parti en Amérique. Une chose est sûre, il n'est plus ici. Il a disparu du jour au lendemain. Vinzenz était un de ces déracinés qui sont venus chez nous dans les semaines et les mois qui ont suivi la fin de la guerre, à la recherche d'une nouvelle patrie, d'un endroit où vivre, où survivre.

Il a trouvé du travail dans la ferme de la famille Danner. Ce n'est que lorsque Barbara est tombée enceinte que Vinzenz l'a épousée.

Je ne peux certes pas l'approuver, mais le fait est que juste après la débâcle les concepts de morale et d'ordre ont été quelque peu bouleversés. Après cet enfer, les gens n'avaient pas seulement faim de nourriture, non, ils avaient faim de chaleur humaine.

C'est l'une des toutes premières unions qu'il m'a été donné de célébrer dans ma nouvelle paroisse. Pourquoi cette union n'a-t-elle pas duré ? Parfois, en des temps troublés, des gens se rencontrent qui ne se seraient jamais trouvés dans d'autres circonstances. Nombre de ces unions durent en dépit des difficultés du quotidien, d'autres sont au contraire brisées par ces désagréments.

Vinzenz Spangler n'était pas un paysan, et la vie de la ferme ne lui convenait pas. Son rapport avec son beau-père en particulier était très difficile, alors il est parti.

Il y a deux ans, Barbara est à nouveau tombée enceinte. C'est Georg Hauer qui a été inscrit comme père du petit Josef dans le registre des baptêmes. Je ne condamnerai pas sans preuve.

La semaine qui a précédé sa mort atroce, Barbara est venue me voir au presbytère. Elle voulait se confesser, m'a-t-elle dit. Mais elle a aussitôt changé d'avis. Elle avait l'air agitée, nerveuse. Elle avait quelque chose sur la conscience. Je l'ai invitée à la soulager.

Son humeur a alors changé du tout au tout, elle était soudain butée, presque révoltée. Elle a dit qu'elle n'avait rien à confesser. Qu'elle n'avait à se repentir de rien, qu'elle n'avait rien fait de mal. Elle a tourné les talons. Je l'ai retenue, elle avait oublié une enveloppe. Elle m'a dit que je pouvais la garder, pour l'église ou pour les âmes nécessiteuses.

"Faites-en donc ce que vous voulez. Ça m'est égal."

Elle a alors quitté la maison en toute hâte, sans ajouter un mot. Dans l'enveloppe, il y avait cinq cents marks. Elle est toujours dans mon bureau.

Barbara a le front en sueur. Malgré le froid, malgré le vent froid qui souffle de face, elle transpire. Elle monte d'un pas rapide le chemin qui mène à sa propriété. A sa propriété. Son père lui a donné la ferme. Elle est son propre maître, son maître à lui.

Elle était chez le curé. Elle avait hésité à entrer dans son bureau. Elle cherchait un prétexte. Elle voulait lui parler, se soulager, elle et sa conscience.

Debout devant le curé, elle était comme une écolière, les phrases qu'elle avait préparées ne voulaient plus passer ses lèvres. Il était assis à son bureau.

Qu'est-ce qui l'amenait ? Est-ce qu'elle avait quelque chose sur la conscience ?

Il avait un sourire sur les lèvres en lui demandant ça. Ce sourire omniscient, suffisant.

Son invitation à soulager sa conscience et ce sourire, ce regard avaient suffi à la rendre complètement muette.

Pourquoi le ferait-elle ?

Cet homme voulait-il être son juge ? Voulait-il juger ses actes, juger sa vie ? Non, elle ne voulait pas parler de ça avec lui. Elle ne voulait pas qu'un homme lui donne l'absolution. Quelle absolution d'ailleurs, et pourquoi ?

Elle n'avait rien fait de mal. C'est à elle qu'on avait fait du mal. Depuis ses douze ans, on lui avait fait du mal.

Pendant de longues années, elle avait lutté contre son sentiment de culpabilité, elle avait toujours fait ce qu'on exigeait d'elle.

A l'école, on enseignait qu'Eve avait donné la pomme à Adam, qu'ils étaient tous deux coupables du péché originel et avaient donc été chassés du paradis.

Elle n'avait chassé personne du paradis. Non, elle en avait été chassée.

Elle voit encore son père. Ce père qu'elle aimait tellement. Elle sent ses mains sur son corps, ces mains qui la touchaient.

Elle était toute raide dans son lit. Incapable de bouger. Pétrifiée. Elle n'osait pas respirer.

Elle était allongée dans son lit, les yeux bien fermés. Ne voulant pas croire ce qu'on était en train de lui faire. Le souffle du père sur son visage. Ses gémissements dans son oreille. L'odeur de sa sueur.

La douleur qui avait envahi son corps. Elle gardait les yeux fermés, bien fermés. Tant qu'elle ne voyait rien, rien ne pouvait arriver.

"Il ne peut arriver que ce que je vois", s'était-elle dit.

Le lendemain matin, son père était comme d'habitude. Plusieurs semaines se sont écoulées sans que rien ne se passe. Elle avait déjà presque oublié ce qui était arrivé. Elle avait oublié l'odeur de son père, l'odeur de sueur, refoulé les gémissements, le désir. Tout cela se trouvait derrière un épais brouillard.

Elle voulait toujours être "une bonne fille". Juste "une bonne fille", pour faire honneur à son père et à sa mère. Comme le curé le leur demandait pendant le cours de religion. Tout ce que son père faisait était juste. Il était le centre de sa vie, le "bon Dieu" de la ferme.

Elle n'avait jamais vu personne le contredire ou s'opposer à lui. Sa mère ne le faisait pas. Elle ne pouvait pas le faire. Avec le temps, l'intervalle entre ses visites est devenu de plus en plus court. De plus en plus souvent, il s'introduisait dans son lit en pleine nuit.

Sa mère semblait ne rien remarquer. Elle ne disait donc rien. Comme elle l'avait toujours fait, aussi loin que remontaient les souvenirs de Barbara. Personne ne remarquait rien.

Avec le temps, Barbara avait l'impression que ce que faisait son père était juste et que c'est son dégoût de lui qui était déplacé. Car son père l'aimait, elle seule.

Elle voulait montrer sa reconnaissance, être une bonne fille.

Comme dans l'histoire de Lot et ses filles. Lot, qui avait fui la cité de Babel et était parti dans la montagne avec ses filles. Il avait partagé la couche de ses filles et toutes deux lui avaient donné des enfants.

C'était bien ce que disait la Bible. Pourquoi, se demandait Barbara, ce qui était agréable à Dieu chez Lot devait-il être mauvais dans son cas à elle ? Elle était une bonne fille.

Par deux fois, elle a donné un enfant à son père. Par deux fois elle s'est laissé convaincre de désigner un autre homme comme le père de l'enfant. Le premier, Vinzenz, est arrivé à la ferme juste après la fin de la guerre. C'était un réfugié de l'Est, il était content d'avoir du travail à la ferme et un toit sur la tête.

Il lui avait été facile de faire les yeux doux à cet homme et, quand elle lui avait parlé de sa grossesse, il avait été tout de suite prêt à l'épouser. Il voyait la ferme, l'argent.

Lorsque son mari, peu après la noce, et avant même la naissance de Marianne, avait su qui était le vrai père, il avait menacé de tous les envoyer en prison. Son père lui a donné une grosse somme d'argent, en lui disant qu'avec ça Vinzenz pouvait partir à la ville ou même dans un autre pays.

Vinzenz a accepté, il s'est laissé acheter et a quitté la ferme à la première occasion.

Où il était passé ? Elle n'en savait rien, et ça lui était égal. Dans cette affaire, elle avait gagné un père pour son enfant.

A la ferme, la vie continuait.

Lorsqu'elle est à nouveau tombée enceinte, et que cette fois aucun homme ne pouvait assumer la paternité aux yeux de la société, son père a eu l'idée de fourguer cet enfant à Hauer.

Sa femme venait juste de mourir. Il avait été facile pour Barbara de séduire cet homme. Le "vieil imbécile" avait tout de suite gobé cette histoire de passion. Ça avait bien fait rire Barbara, car les hommes étaient vraiment faciles à manipuler.

Les choses sont devenues plus compliquées lorsque Hauer s'est mis en tête de l'épouser. Il voulait qu'elle retrouve Vinzenz et qu'elle demande le divorce. Ou, mieux, qu'elle le déclare mort. C'était faisable, il connaissait "les gens qu'il faut", avec quelques billets tout était possible.

Elle le fuyait de plus en plus, et avait fini par rompre.

Ce type ne voulait pas la laisser tranquille. Il passait des nuits entières devant la fenêtre de sa chambre. Il frappait, quémandait la permission d'entrer.

Il espionnait même Barbara, et la pressait de se remettre avec lui.

Cet homme la dégoûtait. Comme son père l'avait toujours dégoûtée. Plus elle vieillissait, moins elle voulait être une bonne fille. Le dégoût qu'elle éprouvait pour son père et pour les hommes en général devenait de plus en plus grand.

Ils étaient tous les mêmes, avec leur désir et leur lubricité répugnante.

Avec les années, elle a appris à rendre son père dépendant d'elle. Elle adore qu'il mendie une nuit, qu'il soit à genoux devant elle. Elle le tient. Le rapport de force s'est inversé. Maintenant, c'est à elle de jouer.

Il doit payer pour sa passion interdite. Avec la ferme, car il lui a donné la ferme à ses conditions. Elle lui a dicté le document. Désormais, il dépend d'elle et de son bon vouloir.

Bien sûr qu'elle voulait faire repentance avec son don. Elle voulait être libérée, libérée même d'un péché qu'elle n'aurait jamais commis volontairement.

Le temps passe lentement. Les minutes, les heures se traînent une à une.

Mich est couché à sa place, aux aguets. La maison n'est toujours pas silencieuse.

Il attend le bon moment pour agir. Mich réexamine son plan en pensée. Il voulait attendre que la maison soit silencieuse, et descendre dans la grange.

Le coup du feu. Il a déjà allumé plusieurs incendies. C'était facile.

Les occupants de la maison sont dans leurs lits. Il allume un feu dans la grange.

Le cri de "Au feu, au feu !" suffira à réveiller en sursaut Danner et sa famille. Encore tout endormis, ils sortiront de la maison pour venir dans la grange, pour sauver ce qui pourra encore l'être.

Dans la panique qui se déclenchera, il aura largement le temps de pénétrer dans la maison. Ses occupants seront en train de faire sortir les bêtes de l'étable pour les protéger des flammes.

Il profitera du chaos pour emporter tout l'argent liquide caché dans la maison. La famille sera bien trop occupée à maîtriser le feu et à alarmer les voisins.

Après coup, plus personne ne saura dire qui a découvert l'incendie en premier. Ses traces à lui partiront en fumée en même temps que la grange et il aura disparu dans la forêt avant même qu'ils aient pu éteindre l'incendie.

Mich quitte sa cachette dans le grenier. On dirait que le moment est venu. Ça fait déjà un bon moment que la maison est silencieuse. Il se prépare à descendre dans la grange. Soudain, il s'immobilise. Il entend son cœur battre, il entend son souffle.

Un bruissement au-dessous de lui. Il est comme touché par la foudre, il y a quelqu'un dans la grange, au-dessous de lui. Pourquoi ne l'a-t-il pas entendu venir ? Comment a-t-il pu faire cette erreur ? Ça ne sert à rien d'y réfléchir maintenant. Celui qui est en bas doit quitter la maison avant que Mich puisse agir.

Une autre personne entre dans la grange. Mich entend une voix de femme, une voix qu'il connaît. C'est Barbara.

La voix de l'homme, en revanche, il ne la connaît pas. Mais ce n'est pas Danner, Mich en est certain. Ce qu'ils se disent ? Mich entend les deux voix, mais il ne distingue pas les mots.

Il s'aplatit sur le sol. Il peut voir ce qui se passe à travers les lattes du plancher.

La conversation tourne à la dispute. Les voix deviennent plus fortes, la voix de la femme devient criarde, hystérique. L'homme saisit Barbara à la gorge, il l'étrangle. Tout se passe très vite.

Mich tourne la tête un instant. Il essaie de trouver une position d'où il pourrait mieux voir.

Lorsqu'il retrouve enfin les deux personnes dans son champ de vision, l'homme brandit une pioche. Il frappe Barbara de son arme, et elle s'effondre sans un bruit. Elle gît sur le sol. Comme un fou furieux, son assaillant ne cesse de frapper ce corps sans défense. Il frappe encore et encore. Il ne s'arrête qu'au bout d'un long moment.

Mich, allongé sur le plancher, n'ose respirer ni faire un mouvement.

“Il a assassiné la fille de Danner !” Cette phrase lui passe par la tête. “Comme un chat de gouttière !”

L'inconnu se penche sur le corps mutilé, le soulève. Il essaie de traîner le corps sans vie loin de la porte, vers l'intérieur de la grange. De le traîner dans l'ombre.

Soudain, des pas s'approchent, une voix. La vieille Danner se tient sur le seuil. Mich retient son souffle.

“Barbara, où t'es ? Dans la grange ?”

Avant que la vieille ait pu vraiment entrer, elle s'effondre sous la violence du coup.

Mich se tourne sur le dos, il n'arrive pas à croire à cette horreur.

"Il me tuera s'il me prend, il me tuera moi aussi !" Des larmes coulent sur ses joues, il est mort de peur. Il presse ses mains contre son visage. Il essaie de maîtriser, d'arrêter son souffle, qui s'échappe de lui par à-coups. Il est allongé, les yeux fermés. Mais au-dessous de lui le fou ne l'entend pas. Sa folie le rend aveugle à tout le reste, il frappe sa victime, encore et encore.

Mich ne sait combien de temps il reste allongé là. Pendant ce temps, l'un après l'autre, ils tombent entre les mains du meurtrier. D'abord Danner, puis sa petite-fille. Ils passent tous de la lumière à l'obscurité, ils s'effondrent avant même de voir ou de deviner le danger.

Encore au sol, le meurtrier ne cesse de frapper ses victimes comme un fou furieux. Allongé sur le dos, au moins Mich n'est pas obligé de voir le massacre de ses propres yeux. Il entend seulement, il entend le pas des victimes, il les entend appeler les membres de leur famille, la mère. Il entend les coups de pioche, qui recommencent sans cesse.

Le silence revient au bout d'une éternité. Un silence de mort.

Mich ne s'en rend compte qu'au bout d'un très long moment. Il rampe sur le ventre, lentement, presque sans aucun bruit, jusqu'à l'escalier.

Au-dessous de lui, la grange est vide. Le meurtrier a dû entrer dans la maison en passant par l'étable.

C'est la seule possibilité pour Mich de sortir de là vivant, sans être vu. Il prend une profonde inspiration et descend les marches à toute allure. Il descend les marches, et il sort.

Il court à perdre haleine, toujours plus loin. Ses jambes ne le portent déjà presque plus. L'air froid de la nuit lui brûle les poumons. A chaque respiration. Il court jusqu'à ce qu'il tombe, qu'il reste à terre sur le sol nu. Haletant. Encerclé par l'obscurité. Il ne sait pas où il est. Il a perdu l'orientation. Il a quitté la maison en courant, complètement paniqué. S'éloignant toujours plus de la maison, de la ferme, de l'horreur.

Il est assis là, le visage tourné vers la fenêtre. Il regarde au loin, les yeux vides. Il est assis sur son lit, dans sa chambre, il voit sans percevoir, son regard n'est pas tourné vers l'extérieur, mais vers l'intérieur.

Derrière lui, le lit de sa femme. Depuis sa mort, il y a trois ans, il est recouvert d'un drap de lin. Ainsi, il n'est pas obligé de le voir, et pourtant il le voit constamment. Il est là dans la pièce, comme un catafalque. Qui lui rappelle sa mort. Jour après jour. Il sent même encore l'odeur de la mort. Elle répand toujours un filet douceâtre dans la pièce. Sa femme y est omniprésente. Aussi puissante que ses infinies souffrances.

Il revoit les images de l'après-midi, sa conversation avec Anna, sa belle-sœur. Il la voit aussi clairement et distinctement que lorsqu'elle est venue le voir il y a deux heures. Elle était allée le trouver dans l'étable. Elle voulait, elle devait lui parler.

Sur son visage, l'incrédulité et la tristesse.

Ils ont marché ensemble jusqu'au banc, derrière la maison. De là, au printemps, on voit tout le verger. On voit les arbres en fleurs. On voit la nature qui renaît d'elle-même. Il aime ce spectacle, il l'attend chaque année.

Mais aujourd'hui les branches des arbres étaient encore nues et mortes de l'hiver passé. Elle s'est assise à côté de lui. Ils ne disaient rien. Elle tenait un morceau de chiffon dans ses mains. C'est alors seulement qu'il l'a vu, reconnu. Un chiffon rouge de sang. Son chiffon.

Celui avec lequel il s'était essuyé les mains. Avec ce chiffon, il avait voulu laver ses mains de la faute qu'il avait commise, mais elle le poursuivait toujours. Il avait voulu le jeter, mais où. C'est ainsi que, contre toute raison, il l'avait gardé. Peut-être, cette idée lui traverse l'esprit, peut-être l'a-t-il gardé pour qu'elle le trouve, pour qu'il puisse confesser sa faute à quelqu'un. Il ne voulait pas être seul, seul avec son crime.

Anna a passé son bras autour de ses épaules et a seulement demandé : “Pourquoi ? Pourquoi ?”

Pourquoi est-il allé à la ferme cette nuit-là ?

Il ne pouvait le dire. Il ne le savait pas lui-même.

Il voulait parler à Barbara. Seulement lui parler. Il n'avait pas osé frapper à sa fenêtre. Il avait déjà frappé trop souvent à sa fenêtre, et elle ne lui avait pas ouvert, ne lui avait pas parlé. Alors qu'il était suspendu à chacun de ses mots, chacun de ses gestes.

Oui, il était son esclave, il lui était soumis. D'innombrables fois, il a fait le tour de la maison en douce, de jour comme de nuit, juste parce qu'il voulait la voir. Il se tenait devant sa fenêtre. Il la regardait se déshabiller. Elle était si proche, et pourtant inaccessible.

Elle était là, les rideaux ouverts, la lampe allumée. Elle voulait qu'il la voie et qu'il sache qu'elle ne lui appartiendrait jamais.

Ce soir-là, il avait bu pour se donner du courage. Il ne voulait pas qu'elle le renvoie encore une fois. C'est pour ça qu'il avait forcé la porte de la grange. On pouvait facilement entrer dans la maison en passant par là. Il le savait, on pouvait aller de la grange à l'étable en passant par le couloir d'affourage, et de là entrer dans la maison.

Il ne voulait pas qu'elle le renvoie encore une fois. Comme un chien errant. Alors que le chien, la bête, c'était le vieux, pas lui.

Il voulait parler à Barbara, la convaincre de se remettre avec lui. Rien de plus. Juste parler.

Quand Barbara l'a trouvé là, elle s'est moquée de lui, lui a dit de se regarder, de se regarder dans un miroir. Qu'elle aimait mille fois mieux son père que lui, cette mauviette qui puait l'alcool. Elle l'a insulté, humilié. Lorsqu'il a essayé de l'attirer vers lui, elle a même essayé de le frapper. Alors il a mis ses deux mains autour de son cou. Il a bien mis ses mains autour de son cou, et il les a serrées. Fort.

Ces mains, il les tient maintenant devant ses yeux, il les regarde, des mains pleines de cals à cause du dur labeur qu'elles ont accompli toute leur vie.

Il continue à raconter, il faut qu'il lui raconte toute l'histoire. Il faut qu'il se confesse. Pas seulement la nuit du meurtre, non, il faut qu'il se débarrasse de tout. Les mots sortent de lui comme un torrent. Le courant l'emporte avec lui. Anna est la branche salvatrice à laquelle il s'accroche. Il faut qu'elle le sauve des flots, qu'elle le sauve de la noyade. Il veut se libérer de cette obsession. Il veut se libérer de tout ce qui l'oppresse depuis des années. Il faut qu'elle lui accorde l'absolution.

"Elle avait de la force, Barbara, elle se débattait. Je sais pas comment, mais elle a réussi à m'échapper."

Pourquoi il tenait soudain cette pioche, et où il l'avait prise, il ne peut le dire, il ne sait plus quand il a commencé à la frapper avec cette pioche.

Tout ce qu'il voit, c'est Barbara allongée sur le sol devant lui. Elle ne bougeait plus, elle ne faisait plus un mouvement.

Il a voulu la traîner dans l'ombre.

C'est là qu'il a vu la vieille Danner sur le seuil de la porte. "Je voulais pas qu'elle se mette à crier." Sans réfléchir, sans hésiter, il l'a tuée elle aussi.

Il les a tués les uns après les autres.

C'était comme une ivresse. Il était ivre de sang, les sens troublés, il n'était plus maître de lui-même. Non, ce n'est pas lui qui les a tués, pas lui. C'est la chasse sauvage qui s'est emparée de lui. C'est le démon, le malin, qui les a tués, tous.

Il se regardait lui-même, se regardait en train de tous les tuer. Il ne pouvait pas croire qu'il était capable d'une chose pareille, qu'un homme soit capable d'une chose pareille.

De la grange, il est ensuite allé dans la maison, personne ne devait survivre. Personne. Il voulait les tuer tous.

C'était comme une obsession, une voix intérieure à laquelle il obéissait. Il était soumis à cette voix comme il l'avait été à Barbara. Empli d'un désir aussi démesuré de tous les tuer qu'il l'avait été du désir de son corps. Oui, il avait éprouvé le même désir, trouvé la même satisfaction.

Il ne voulait en laisser aucun, aucun.

Il a failli ne pas voir la nouvelle fille de ferme. Il a failli lui faire don de la vie, lui qui en cette nuit décidait de la vie et de la mort.

Quand la tempête s'est calmée, il a fermé la grange et la maison.

C'est alors seulement qu'il a emporté la clé. La clé avec laquelle il avait fermé la porte de la maison. Il en avait besoin, il allait revenir et effacer ses empreintes.

Il avait les idées très claires, soudain. Ça faisait une éternité qu'elles n'avaient pas été aussi claires. Il voyait tout, il savait soudain ce qu'il avait à faire.

Il viendrait nourrir les bêtes et s'occuper d'elles. Effacer ses empreintes.

Il s'était libéré du démon, de son démon.

Tout devait faire penser à un crime crapuleux. Plus le temps passait, mieux c'était pour lui. Il ne serait pas soupçonné. Il n'avait rien fait.

Seul le petit Josef ne lui sortait pas de la tête, comme il baignait dans son sang sur le lit. Il ne pouvait pas oublier cette image.

Pourquoi les avait-il tous tués ?

“Pourquoi quelqu’un tue tout le monde ? Pourquoi il tue ce qu’il aime ? Anna, on ne peut tuer que ce qu’on aime.

Tu sais toi, Anna, ce qui se passe dans la tête des gens ? Tu le sais ? Est-ce que tu peux voir dans les têtes, dans les cœurs ? Moi, je suis resté enfermé toute ma vie, enfermé.

Et tout d’un coup, un nouveau monde s’ouvre à moi, une nouvelle vie. Tu sais ce que c’est ?

Je te le dis, on est tout seul toute sa vie. On naît seul et on meurt seul. Et entre les deux, j’étais prisonnier de mon corps, prisonnier de mon désir.

Je te le dis, il y a pas de Dieu dans ce monde, il y a juste l’enfer. Et l’enfer, il est sur terre, dans nos têtes, dans nos cœurs.

Le démon est en chacun de nous et chacun peut le faire sortir à tout moment.”

Ils étaient assis là sans rien dire.

Au bout d’un moment, il s’est levé, il est allé dans sa chambre.

Il a pris son vieux pistolet dans sa table de nuit. L’arme est froide et lourde dans sa main.

Tout ce qui l’oppressait a disparu. Il est juste assis là, paisible.

Christ, écoutez-nous,
Christ, exaucez-nous !
Seigneur, ayez pitié,
Christ, ayez pitié !
Seigneur, ayez pitié de nous,
Christ, ayez pitié de nous !
Seigneur, exaucez ma prière,
Et laissez mon appel arriver jusqu'à vous !
Amen !

OUVRAGE RÉALISÉ
PAR L'ATELIER GRAPHIQUE ACTES SUD
ACHEVÉ D'IMPRIMER
EN DÉCEMBRE 2007
PAR L'IMPRIMERIE FLOCH
A MAYENNE
POUR LE COMPTE DES ÉDITIONS
ACTES SUD
LE MÉJAN
PLACE NINA-BERBEROVA
13200 ARLES

DÉPÔT LÉGAL
1re ÉDITION : JANVIER 2008
N° impr. : 69880
(Imprimé en France)